هناك

إبراهيم عباس

@ibraheem_abbas

يتخيلون
The League of Arabic SciFiers

ISBN: 9789948205807

متوفرة باللغة الإنجليزية Available in English

إبراهيم عباس

© يتخيلون، ١٤٣٥هـ

فهرسة مكتبة الملك فهد الوطنية أثناء النشر

عباس، إبراهيم

هُناك. /إبراهيم عباس، - جدة، ١٤٣٥هـ

٣١٤ ص؛ ٢٠سم

ردمك: ٨-٥٤٨٣-٠١-٦٠٣-٩٧٨

١- القصص العربية – السعودية أ. العنوان

ديوي ٨١٣,٠٣٩٥٣١   ١٤٣٥/٥٦٦٥

رقم الإيداع: ١٤٣٥/٥٦٦٥

ردمك: ٨-٥٤٨٣-٠١-٦٠٣-٩٧٨

يتخيلون
The League of Arabic SciFiers

إبراهيم عباس.. مبدع إعلاني، وكاتب سينمائي، شارك المهندس ياسر بهجت في تأسيس رابطة يتخيلون التي تهدف إلى نشر ثقافة الخيال العلمي العربي وإثراء محتواها ومخرجاتها والارتقاء بها بشكل يؤهلها للتنافسية العالمية.

www.يتخيلون.com

info@يتخيلون.com @yatakhayaloon @HUNAAK www.هناك.com

إبراهيم عباس

إلى كل من أكرمني بقراءة رواية حوجن..

أنا مدين لك..

ومن أجلك كتبت رواية هُناك!

إبراهيم عباس

4

قبل أن تسألوني..

روايتي السابقة بطلها جني شاب في بدايات التسعين من عمره، محترف في استخدام الآيپاد ويهوى قيادة اللامبورغيني؛ ومع ذلك انهالت علي التساؤلات إن كانت القصة حقيقية. هذا السؤال بالذات هو أكثر سؤال يسعدني! وقبل أن تسألوني عن رواية هُناك اسمحوا لي أن أجيب مسبقاً:

نعم! أعترف أن هذه القصّة حقيقية إلى حد كبير جداً..

وأنني قد استلهمت جميع تفاصيلها من بطلتها مباشرة..

ومن العالم الذي صنعته لي بحبّها، وأشرفت عليه بقلبها..

وهذه ليست سوى محاولة مني لصياغتها على الورق..!

إبراهيم،،

إبراهيم عباس

6

على عُجالة..

أعترف أنني أكتب بكل تلقائية، هـدفـي الأهم هو إمتاعكم، مع العشم بأن تحمل سطوري بعض الفائدة؛ أكتب بأسلوب تصويري يمزج بين الرواية الكلاسيكية والنص السينمائي، وبالتالي فإن الحدث عندي أهم من الحديث، لا أتخمه بزيادة التوصيف، ولا أتركه عُرضة للجفاف والهُزال، فالخيال مناصفة بين وجدانكم والأحـداث التي أبذل ما بوسعي لتندمجوا مع تفاصيلها كما هي؛ أنقل ما قيل كما قيل دون أن أتدخل بدبلجة. بطل القصة هو المتحدث، لا أجرؤ على مصادرة أسلوبه ولهجته وانفعالاته وإعادة صياغتها بطريقتي أنا، لأني وببساطة لا أريدكم أن تكتفوا بقراءة الكلمات دون أن تشاهدوا الحدث وتعايشوا التجربة.

لذا أقدم اعتذاري المسبق إلى كل من قد يتفاجأ بوجود عبارات بلهجات أصحابها الدارجة بين السرد الذي أحرص أن يكون بالقرشية (الفصحى)، وإلى كل من قد يجد في روايتي اختلافاً عمّا اعتاد عليه من أعمال أدبية هدفها الأساس هو التفنن في الصياغة اللغوية، وأنها عبارة عن تجربة تصويرية تهتم بتبسيط العبارات كي تتضح المشاهد.

والآن.. اسمحوا لي بأن أترككم مع تجربة.. هُناك..!

إبراهيم عباس

8

هُناك

(1)

أنا؟! هُنا؟!

إبراهيم عباس

وأخيراً.. قلم!

قلم غريب عجيب، ككل شئ رأيته هنا، قطعة مصمتة منحوتة بنقوش متداخلة في منتهى الدقة والروعة تستمر بنفس النسق على رأسه المعدني، ترسم ألف لوحة في طرفه المدبب بالزخارف الذهبية والبرونزية..

قلم يغري الأنامل بالكتابة، حبره يغازل الورق، ينساب بالعبارات وكأنه يعرفها مسبقاً، يكاد ينطق بالكلمات قبل أن يكتبها .

طلبته منها فأحضرته لي على الفور..

سأخبركم عنها، لا تستعجلوا..

ولكن الآن لا بد أن أكتب..

لا بد أن أتذكر..

ولكي أتذكر يجب أن أدون كل شئ!

حسنٌ، لا أعلم إن كانت كلماتي هذه ستجد من يقرؤها، لا أعلم إن كنت سأتذكرها بعد كتابتها، ولكن يجب أن أدون كل شئ يحصل لي منذ اللحظة التي وجدت نفسي فيها هنا، اللحظة التي لا أستطيع تذكر أي شئ قبلها!

فتحت عيني فرأيت سقف الغرفة الذي يرتفع لمسافة عشرة أمتار على الأقل، ومقعّر مكوناً قبة كريستالية شفافة عليها رسوم عجيبة، لولا الرسوم لما عرفت أن هناك قبة أصلاً، ليست قبة واحدة وإنما مجموعة من القباب المتمازجة، أستطيع تمييز القبة الرئيسية في المنتصف، بالإضافة إلى ثلاث أو أربع قباب أخرى متباينة. تتدلى من القباب خيوط رفيعة جداً تنتهي بكرات متلألئة تضئ الغرفة بضوء سحابي خافت. تتأرجح بدلال بسبب تيارات الهواء التي تداعبها. أستطيع أن أرى السماء من خلف تلك الكريستالات الكروية العملاقة، لون أزرق صافٍ، لا تقاطعه سوى بعض السحابات القطنية التي تسبح فوقها بكل تكاسل والعصافير التي تتراقص قليلاً في الهواء قبل أن تأخذ استراحتها على أطرافها.

لا أعلم كم ظللت على هذه الحال، دقائق؟ ساعات؟ كانت عضلاتي جميعها في حالة استرخاء لذيذ؛ وعيني مفتوحة، تحاول استيعاب جمال ذلك السقف، بينما يحاول عقلي استيعاب الوضع، بلا جدوى! أعتصر كل خلية في دماغي لأتذكر أي شئ، بلا فائدة! من أنا؟ ما اسمي؟ من أين أتيت؟ ما الذي أتى بي إلى هنا؟ ما هو هذا المكان أصلاً؟

فشلَت جميع محاولاتي للتذكر فقررت أن أرغم عضلاتي على النهوض.. كنت متمرغاً في سرير أبيض بملمس مخملي ناعم، يتشكل حول جسمي دون أن أشعر به، يحتويني كأنه قالب من القشطة، لم يكن هناك سوى ذلك السرير في وسط الغرفة، تلفتّ حولي، هذه ليست غرفة وإنما.. ساحة.. ساحة دائرية شاسعة، قطرها لا يقل عن عشرين متراً.

تذكرت! أين نظارتي؟!.. نظري أضعف من أن يتجاوز مترين أمامي! تحسست حولي باحثاً عنها، تحسست وجهي فلربما أجدها مختبئةً على أنفي كعادتها..

ولكن انتظروا لحظة..! كيف استطعت رؤية كل شئ بوضوح؟ أنا بدون النظارة شبه كفيف!

وقفت على الأرض، شعرت ببرودة خفيفة تسري إلى جسدي عبر أقدامي ولاحظت شيئاً عجيباً، الأرض تبدو بعيدة عني.. أو.. لا لا مستحيل! أظن أنني أطول قامةً..! لا أذكر أنني بهذا الطول أبداً! طولي لا يتجاوز متراً وخمسة وستين.. تشمل حذائي السميك وشعري المنكوش!.. ووزني يتجاوز الـ.. رفعت طرف القميص الأبيض الذي لا أعلم من أين أتى هو الآخر لألقي نظرةً على كرشي التي اعتادت أن تحجب عني رؤية أقدامي فيما عدا أطراف أصابعي.. و.. يا إلهي!! لقد تحولت كرشتي الرَجراجة إلى ستة مربعات أنيقة مشدودة تزينها صرة أستطيع رؤيتها بدل تلك الهوة التي لا أذكر أنني رأيت قاعها يوماً. تحسست جسمي، أكتافي صدري عضلاتي، من أين لي كل هذا!؟

كنت أشعر بخفة عجيبة، أعتقد أنني ظلمت الجاذبية الأرضية طوال حياتي، اكتشفت أن كرشي هي التي كانت تشفطني بقسوة للأسفل!

14

مـشيت عـلى الأرض، بيـضاء ملـساء باردة قليلاً، ما هو مـصدر تـيارات الـهواء؟ هل هـناك فتـحات تبـريد؟ ولـكن لا أثر لـهدير أجهزة التكييف، في الـواقع الأصوات الوحيدة التي أسمعها هي أنفـاسي و.. نـعم بالـكاد أسمع أصوات المدينـة.. لا ليـست كالتي اعتدت عليها: سيارات وزحام وضوضاء؛ فقط أصوات مجموعة من الـناس، رجال ونساء وأطفال تأتي من بعيد، قاطعها صوت مـوسيقى، سلبتني من قـمة الدهـشة إلى قـمة الانـسجام، انبعثت قي الغرفة بكل هدوء وفاحت مع الأنغام رائحة عطرية سيطرت على توتري وأرغمتني على إغلاق عيني وشفط جرعة من الهواء في نَفَس عميق أنعش رئتَي. اتجهت نـحو الـحائط الدائري الذي زينـته الـستائر، لاحـظت تـحرك بعـضها، من هـنا تتـسلل تـيارات الـهواء إذاً! لا بد وأن خلفـها باب! كيف أفتح هذه الـستائر؟ أين الأزرار والمفاتـيح؟ سحقاً! لـماذا لا أجد أي كتيـبات إرشادية للتعـامل مع الأشياء هـنا؟ اضطررت لأن أستخدم أكثر الحـلول بدائـية، فرفـعت الـستارة ومررت من تحتـها و... آه ما هذا؟ اكتشفت أن الغرفة متصلة بشرفة بنفس مساحتها تقريباً، تظللها بعض الشجيرات المتسلقة المزيّنة بأزهار تتنافس بجاملها وألوانها وروائحها، أنستني العطر الذي أسكرني قبل قليل.

الشرفة معلقة على قاعدة كريستالية شفافة، لولا المقعدان والطاولة في طرفها لظننت أنها بلا أرضية. وضعت قدمي الأولى بحذر خشية الوقوع، وشجّعَت قدمي الأولى أختها، نظرت حولي، كنت على ارتفاع شاهق، بالكاد أستطيع تمييز تفاصيل الأرض من تحتي والناس يمشون عليها كالنمل؛ نظرت خلفي لأرى هذا المبنى الذي وجدت نفسي فيه لعلي أجد أي علامة أو لوحة، كان عبارة عن برج مغطى بالكامل بزجاج أملس بدون أي فواصل أو نوافذ، تحفة كريستالية عملاقة تنتهي بقبة شفافة هائلة الحجم أستطيع رؤية الأجواء الاصطناعية بداخلها: أشجار، أزهار، مباني، كأنها مدينة مصغرة معلقة في السماء؛ وحول البرج الرئيسي تناثرت أبراج أخرى أقصر تنتهي بقباب أصغر مثل التي وجدت نفسي فيها؛ قاعدة هذه الأبراج عبارة عن حديقة منسقة بشكل رائع تتخلل وشاحها الأخضر المرصّع بالأزهار الملونة طرقات للمشاة ومبانٍ صغيرة متناثرة وثلاثة ممرات مائية عليها بعض الزوارق؛ تصب في خليج ممتد في الأفق الذي ارتصت من خلفه أبنية مدينة هائلة، أشبه بإحدى مدن المستقبل في روايات الخيال العلمي.

الآن تـأكدت أنـني في حـلم واضح! كـنت متيقـناً أن توغلي في مـواضيع الإسـقـاط النجـمي والأحلام الجلـيّة سيؤثر يـوماً عـلى دماغي، وهـأنذا محـبوس في أحدها! سوف أستيقظ بـعد قليل ويزول كل هذا.. لا بد أن أستيقظ! حاولت جاهداً أن أفتح عيني، أحملق بهما بكل قوة لأستيقظ.. قـرصت نفسي.. عضضت يدي وفجأة..

طُرق الباب..

سمعت طرقات رقيقة وصوت فتاة أرقّ:

"تسمح لي أدخل؟!"

ارتبكتُ جداً.. لاأذكر أي علاقات تربطني بالجنس اللطيف سوى بعض العبارات السطحيّة العابرة على الإنترنت.. تذكرت! لـقد كـنت مـيالاً للانـطواء، خجـلي يتـضاعف من فرط بدانتي وقـلة وسامتي، ولكن لا داعي للخجل هنا، كل شئ اختلف! إنني أعيش الآن في داخل حلم.. مجرد حلم! وسوف أستغلّه قبل أن يستقيظ صاحب الـكرش الرَجـراجة! استغرقَت أفـكاري وقـتاً أكثر من اللازم فعادت الطرقات وهـرعت إلى الغرفة أبحث عن الباب في الجهة المقابلة للستائر؛ سحقاً لهذا الجدار المصمت المستفز!

لا أثر فيه لباب ولا أكرة ولا حتى ثقب مفتاح؛ عادت الفتاة تستأذنني فارتبكت أكثر، وقررت أن أسمح لها بالدخول وعليها أن تتصرف هي لإيجاد الباب فقلت بجدّيّة مصطنعة وفردت قامتي وشفطت كرشي لا شعورياً وأنا أقف أمام الجدار:

"تفضلي..!"

ارتفع جزء في الجهة الأخرى من جدار الغرفة بهدوء، فبدوت كالأبله وأنا أقف بحزم أمام الحائط المقابل الذي خمّنت أنه الباب؛ التفتّ إلى ذلك الجزء وإذا بها مندفعة نحوي تهتف بلهفة:

"حسام.. حسام!! ما تتخيل قد إيش وحشتني!!"

حسام؟.. حسام!!! صحيح تذكرت!! اسمي حسام..! فاجأتني بتعلقها برقبتي واحتضانها لي بقوة وانهمار دموعها التي انسابت بين خدها وخدي، لم أتحمل المفاجأة.. طبعاً لم أتحملها! أعترف أنني قد أصاب بنوبة اضطراب عاطفي مصحوبة بتلبك معوي وشلل مؤقت لو ابتسمت لي فتاة عادية وقالت "كيف حالك"؛ ما بالكم بإنسانة تحتضنني وتقول "وحشتني وحشتني"؟!

إنسانة؟ يستحيل أن تكون هذه المخلوقة إنسانة أصلاً ! تنصلت من حضنها وأنا أتمزق حسرةً وخجلا، رأيتها أمامي بوضوح.. لم تبعد وجهها كثيراً عني، سنتيميترات قليلة تفصل بين ذهولي وابتسامتها، تلك المسافة الضئيلة لا تكفي العين في العادة للتركيز وتمييز الملامح، ولكن جمالها تحدّى جميع القوانين البصرية، رأيتها بكل وضوح، عيناها ملأتا أفقي، تسخران من زرقة البحر وسعته وأعماقه، مرآتان للسماء، ولي.. ميّزت صورتي المنعكسة فيهما، شعرت من نظرتها المتلهفة أن صورتي تلك ليست مجرد انعكاس، شعرت أنها تحملني في عينيها أينما ذهبت، كلما فتحتهما، وكلما أغمضتهما. إن استرسلت في وصفها فلن أكمل كتابة قصتي أبداً! باختصار جمالها يتجاوز جمال أجمل مخلوقة رأيتها أو تخيلتها في حياتي! لو بحث أحد عن أسرار الجمال فستفضحها ابتسامتها، ولو سأل عن معنى الأنوثة فسيكون قوامها الإجابة النموذجية!

لم تخفِ ضيقها من تنصلي.. ولكنها احتفظت بابتسامتها المرحة ومسحت دمعتها برسغها بشكل طفولي وألقت بنفسها على السرير فغاصت فيه قبل أن يتبعها ثوبها الحريري الأبيض الذي هبط عليها ببطء وتطلّعت للسقف وهي تقول بسعادة:

"طول عمري يا حسام بأحلم بهذي اللحظة! إني أشوفك قدامي.. أكلمك.. أحضنك!"

ما هذه الفتاة المبتذلة؟ مع احترامي الشديد لجمالها الذي لا يختلف عليه اثنان، كيف تدخل غرفة شاب بمفرده، لا تعرفه ولا يعرفها؟ وتحضنه! وترتمي على سريره!! ناهيك عن سفورها وتبرجها وملابسها!

لحظة لحظة.. من قال أنها لا تعرفني؟ لقد نادتني باسمي، في الواقع لم أتذكر اسمي إلا منها! استجمعت شجاعتي الكاذبة وصرامتي المصطنعة وأنا أقول:

"واضح إني فقدت ذاكرتي، وإنك تعرفي أشياء كثيرة عني وعن هذا المكان.. ممكن لو سمحتِ توضحي لي؟"

"لا يا شيخ؟! عامل لي فيها الرَّجُل الحمِش!"

قالتها وقامت من السرير وسحبتني من يدي نحو الجهة الأخرى من الحائط وهي تقول:

"لا تستعجل، رح تعرف كل حاجة في وقتها. أنا ميّته من الجوع، خلينا نروح ناكل دحين، أنا عازماك على مطعم جديد أكيد رح يعجبك!.. بس لازم تغير ملابسك أول!"

مررت أناملها بحركة انسيابية على جزء من الحائط وكأنها تداعب شاشة كمبيوتر لوحي، فانفرج على مصراعيه؛ لقد كان يخفي خلفه خزانة ملابس فيها عشرة أضعاف كمية الملابس التي لبستها في حياتي، مع فارق النوعية طبعاً!

نقرَت بأناملها على طرف الحائط فأضائت الخزانة من الداخل؛ اكتشفت أنها ليست خزانة، وإنما معرض متكامل يضم أرقى الماركات العالمية.. سحبتني من يدي إلى داخل تلك الخزانة وتنقّلَت بين صفوف الملابس المعلقة بمرح:

"هاه تحب تختار بنفسك؟.. ممم وللا أقول لك.. خليني أنا أختار لك أحسن"

أخذتني إلى علاّقة ارتصت عليها قمصان پولو بجميع ألوانها وسحبت القميص الأبيض، ناولتني إياه:

"پولو أبيض.. قميصك المفضل صح؟"

تناولته، تفحصته، بحثت عن شارة المقاس، فقد تكون هذه هي اللحظة التاريخية التي أستطيع أن أحشر فيها نفسي داخل ملابس لا تحمل حرف L دون أن تتمزق إرباً؛ وعندما لم أجدها أسعفتني حماقتي بهذا السؤال:

"هذا مقاسي؟"

قهقهت وهي تقول:

"لا مقاسي أنا! طبعاً مقاسك! كل شي هنا مفصّل على مقاسك بالضبط!"

قالتها وهي تتناول جينز أرماني وجوارب پول سميث وحذاء لوي فيتون.. كلما اختارت شيئاً ازداد اشتعال ذاكرتي، هذه هي ملابسي المفضلة التي ادخرت مكافآتي الجامعية لبضعة أشهر حتى أحصل عليها وقت التخفيضات! توجّهَت إلى إحدى الأدراج وأطل بريق الذهب والبلاتين والألماس عندما فتحته؛ مجموعة مذهلة من الساعات ذات الأسعار الفلكية، تناولَت إحداها وقالت:

"هذي الرولكس ياخت ماستر اللي نفسك فيها صح؟"

فعلاً كيف عرفَت؟ لقد سال لعابي أنهاراً على هذا الشئ الذي حتى لو قررت ادخار كل مكافآتي الجامعية بالإضافة إلى مصادر دخلي الأخرى واكتفيت بتناول الماء وفتات الخبز لعدة سنوات.. فلن أستطيع شراءها! تناولَت معصمي لتلبسني الياخت ماستر!

"شايف كيف تجنن على إيدك؟.. يللا بسرعة.. غيّر باقي ملابسك، يادوب نلحق المطعم!"

يالجرأتها! تريدني أن أغيّر ملابسي أمامها؟ لا يمكن! مستحيل! نظرت إليها باستنكار فقالت:

"إيه؟ مكسوف مني؟ أوكي مو مشكلة.."

قالتها واستدارت للناحية الأخرى كي لا تراني.. ولكن هيهات!

"طيب؟ وبعدين؟ كيف تبغيني أغيّر وإنتِ هنا؟"

"ليه؟ تستحي مني؟"

"لا تحلمي! مستحيل أغيّر ملابسي وانتِ هنا! حتى لو كنتِ أمي!"

ضحكت وخرجت وهي تقول:

"طيب طيب.. بس بسرعة لا تتلكع! حاستناك برّا عند الباب.."

لم ألمس ملابسي حتى تأكدت من أنها خرجت والباب أغلق تماماً؛ اختفت ملامح الصرامة المفتعلة من وجهي في لحظتها، لأفسح المجال لملامح الانبهار مع بعض اللعاب وأنا أستمتع بملابسي وبالياخت ماستر..

"حسام؟ خلّصت؟"

"إياكِ تدخلي!"

يجب أن أغيّر ملابسي بسرعة قبل أن تتهور هذه المجنونة وتدخل عليّ!

"حساااام؟ خلّصت ولا لسّا؟.. أدخل؟"

انزلقتُ داخل الجينز بسرعة وسلاسة لأول مرة في حياتي، لم أضطر لأن أتقافز وأؤدي رقصتي المعتادة: "احشروني-داخل-هذا-الجينز-اللعين"، ليس لدي وقت الآن للاحتفال باختفاء كتل الدهون وأرطال الكوليسترول؛ أغلقتُ أزرار الجينز في اللحظة التي اقتحمت فيها تلك الوقحة الغرفة وأطلّت برأسها:

"هاه خلّصتِ لبسكِ يا عروسة وللا تحتاجي مساعـ..
أووه وااااو إيه الوسامة دي كلها؟.. ممـم بس تعجبني
أكثر لما تشمّر أكمامك.."

قالتها وشمّرَت أكمامي وتعلقت بذراعي كالطفلة، انطفأت أنوار
الخزانة وانغلق بابها وكذلك باب الغرفة تلقائياً فور خروجنا،
ومشينا في ردهة كريستالية شفافة يسير السحاب بمحاذاتنا
أحياناً، ويغمرنا أحياناً أخرى؛ التفّت النباتات من حولنا، وتسلل
بعضها إلى الداخل لتفرش أزهارها في أرضية الردهة وعطرها
في أجوائها..

"تختار أي لون يا حسام؟"

باغتتني بالسؤال، وجثت على ركبتيها قبل أن أجيبها، التقطت
إحدى الأزهار ودسّتها بين خصلات شعرها وبرعمت زهرة أخرى
مكان الزهرة المقطوفة وبدأت تتفتح ببطء..

"هاه.. إش رأيك؟ يا ترى البنفسجي لا يق على لون
شعري وملابسي؟ كذا شكلي أحلى صح؟"

في الواقع الزهرة هي التي أزدادت جمالاً ورونقاً وسعادة بحظها
الذي أسكنها بين خصلاتها.

تخلّيت عن بعض ثقالة دمي وأنا أهز رأسي موافقاً مع ابتسامة رصينة. وصلنا إلى المصعد الذي كان مصنوعاً من الزجاج هو الآخر، انفتح بابه تلقائياً مع اقترابنا وانغلق بعد دخولنا إليه، لأول مرة في حياتي أرى مصعداً بمقاعد، تحفتان مخمليتان معلقتان على الزجاج، جلسنا عليها فبدأنا رحلة النزول، كان في الواقع أشبه بالسقوط ولكنني لم أشعر بالدوار ولا بالتفاف أمعائي حول نفسها، فقط شعرت برعب طفيف وأنا أرى كل ما حولي تحول إلى خطوط رأسية من خلال الزجاج، والأرض تقترب بسرعة لكنها لم تلبث أن تباطأت عندما وصلنا لبهو ذلك المبنى؛ كان البهو دائرياً تتوسطه نافورة عالية جداً تجلس حولها ثلاث فتيات تعزف كل منهن على آلة موسيقية عجيبة تشاركهن فيها أصوات انسياب المياه، هذه هي الموسيقى التي تسللت إلى غرفتي.

رمقنني الفتيات بابتسامات خجولة وتحمّسن في العزف عندما مررنا بمحاذاتهن، تداعب كل منهن آلتها بشغف وترمقني بطرفها وكأنها تعزف من أجلي أنا فقط. خرجنا من بوابة المبنى الرئيسية فرأيت أمامي فرساً بيضاء، خصلات شعرها ذهبية مضفّرة ومزينة بخرزات ملونة، تكاد تلمس الأرض من طولها.

"هاه.. تحب تسوق أو أسوق أنا؟"

ياللإحراج الشديد! كيف سأسيطر على شئ كهذا؟ سيطرتي وخبرتي لا تتعدى شريكة حياتي: الكامري الرصاصية! يجب أن أتهرب بديبلوماسية:

"كل هذي التكنولوجيا وفي النهاية نركب حصان؟ توقعتك حتركبيني صاروخ!"

فشلت مناورتي! فقد أحرجتني بضحكتها وهي تقول:

"أولاً لازم تفرّق بين الحصان والفرس، ثانياً من جدك إنت تبغى تركب صاروخ؟ أول مرة في حياتك تخرج مع بنت وتبغاها تركب صاروخ بدل الخيل؟ على العموم إحنا ما نحب نخرب الهدوء في المدينة بالآلات، وبعدين لا تتسرع في الحكم على الفرس صدقني رح تنسّيك الصواريخ"

"الحقيقة آخر مرة ركبت خيل كانت.."

"عارفة عارفة.. لمّا كان أبوك يمشّيك على الكورنيش وانت صغير وتركب مع أختك على الخيل القزم"

تباً لها! كيف عرفَت؟! فتحَتْ الحزام الذي يثبت سرج الفرس وألقت به بعيداً، ثم أمسكت بخصلاتها ووثبَت عليها بمهارة، لم يُعق ثوبها الحريري مرونة حركتها بسبب الفتحة الطويلة في جانبه، مدّت إلي يدها وهي تقول:

"ما أحب السروج!.. يللا ناولني يدك تأخرنا!"

ظهر الخيل يكاد يصل لمستوى ذقني، كيف استطاعت فتاة برقتها أن تقفز عليه بهذه السهولة؟ أمسكت بيدها وقفزت على ظهر الخيل خلفها، كنت في قمة الإحراج والارتباك، ولكنها عندما شدّت خصلات الفرس انطلقت بسرعة أنستني الإحراج وأرعبتني فتشبثت بها بقوة وأغرق شعرها النحاسي الثائر في الهواء وجهي، انطلقنا بمحاذاة المجرى المائي عن يميننا والحدائق عن شمالنا والسماء من فوقنا ترتدي ثوبها الأرجواني المطرز بالذهب.

إن كان هذا حلماً فعقلي الباطن يستحق جائزة الأوسكار بجدارة! عندما أستيقظ سأكافئ نفسي بإجازة لا أفتح فيها عيني، أبقيهما مغمضتين لكي أمنع تبخّر هذا الحلم قدر الإمكان.

28

ولـكن، هل يُعـقل أن يـكون هـناك حـلم بـكل هذه التفـاصيل وهذا الـوضوح؟ وإن كان حلماً جلياً هل يُعقل أن يكون ملموساً أكثر من الـواقع؟ لو لم يكن هذا حلماً فماذا يكون؟ كيف سأعرف أين أنا؟ وما الذي أتى بي إلى هنا؟!

لا أحد يملك الإجابات سواها..

إبراهيم عباس

30

(2)

هُناك.. مـع ملاك

إبراهيم عباس

بدأت ذكرياتي تتساقط كقطرات مطرٍ خفيف يتردد صداها داخل وعاء عقلي، كل قطرة تغري باقي صديقاتها كي تقفز معها لتنهمر وتروي بعض الخلايا في ذاكرتي.

أنا حسام.. حسام خالد الشريف، والدي متوفي منذ خمس سنوات بسرطان البنكرياس، رحمة الله عليه. والدتي عفاف النهدي.. أسأل الله أن يمن عليها بطول العمر والعافية؛ أعيش معها ومع أختي الصغرى مرام.. تخرجت من جامعة الملك عبدالعزيز قسم علوم حاسب آلي قبل سنة وسبعة أشهر، وأعمل في وظيفة هامشية في شركة مقاولات. حياتي متواضعة جداً لا تسمح لي سوى بأن أكدح وأحلم دون أن أرى أيّاً من أحلامي تلك يتحقق. والدتي انشطرت بعد وفاة والدي لتقوم بالمهمتين: مهمة الأم والأب معاً؛ تعمل كمدرّسة نهاراً وبائعة معمول مساءً ومربية على مدار الساعة. أما مرام فطفلة أنهت للتو دراستها الثانوية وحملت على كاهلها أحلاماً وهموماً لا تعترف بسنها ولا بأنوثتها ولا بظروفها. كل ما تذكرته لا يمت بأي صلة لهذا الزمان ولا المكان ولا حتى الشخص الذي أحدث نفسي من داخل عقله وجسده!

لم أتذكر سوى الخطوط العريضة في حياتي، ولكنها تقطعت فجأة لأجد نفسي في هذا المكان، قصور وحدائق وأنهار وملكة جمال تخطفني على حصان أبيض، جميع الأحلام التي يمكن أن تخطر ببال أي شخص، تجسدت بحذافيرها هنا..

ولكنني في هذه اللحظة لا أحلم سوى بالعودة إلى أمي وأختي، أريد أن أطمئن عليهم، أريد أن أعود أنا.. حسام القصير البدين الأسمر الذي يشقى في وظيفة متواضعة ليعول أمه وأخته.. ويحلم أحلاماً لا تتحقق!

"من جد ابن آدم عجيب!"

قاطعَت حبل أفكاري وهي تبطئ من سرعة الفرس، وكأنها كانت متربعة داخل دماغي في أثناء حديثي مع نفسي، وواصلَت متجاهلة تعجبي:

"دايماً يجري ورا سراب أحلامه، ولمّا تتحقق ينسى لهفته عليها؛ يطنّشها ويجري ورا غيرها!"

ألجمتني دهشتي من مداخلتها واندهاشي من المناظر التي بدأت أستوعب تفاصيلها عندما تباطأت خطوات الفرس. توغلنا داخل أحياء المدينة، مساكن متناثرة ملبّسة بالزجاج والنباتات والقليل من القرميد والخشب.

تلك المباني رفضت أن تتطاول على الطبيعة الرائعة حولها بالرغم من تصميماتها الحديثة، لم تجرؤ حتى أن تعزل نفسها خلف أي جدران، وسكّانها يستمتعون بالجلوس بجوارها، يتسامرون، يحتسون، يقرأون، يراقبون صغارهم وهم يلعبون بين أحضان كل ذلك الجمال. كانت الفرس تتبختر بين الممرات وكان الناس يلقون علينا التحية وكأننا ملوك ذلك المكان. هل يُعقل أن تكون جميع هذه التفاصيل مجرد حلم؟ ما أراه هنا أوضح حتى من حياتي الأصلية!.. انحرفَت بالفرس إلى ناحية المجرى المائي مخترقة ممراً من الأشجار المتشابكة اختفت خضرة أورقها وتجاعيد جذوعها العملاقة خلف أزهارها القرمزية الكثيفة، قادنا الممر إلى بوابة لجزيرة صغيرة تطفو على سطح الماء؛ استقبلنا رجل ضخم يرتدي بدلة مخملية بنفسجية داكنة وعليها معطف جلدي بني طويل بلون بشرته شديدة السمرة ومطرّز بنقوش ذهبية في أطرافه، تراخت هيبته المرعبة عندما امتزجت بابتسامته الودودة، أخذ بطرف خصلة الفرس المضفّرة وقادنا بهدوء عبر خمس درجات رخامية بيضاء انتهت بممر طويل طرقت حوافر الفرس أرضه المصقولة بخطوات بطيئة إلى أن وصلنا لقاعة كبيرة صاخبة فنزلنا عندما توقفت الفرس على عتبات المدخل..

"طاولتكم محجوزة في أميريكانو غريل"

قالها العملاق البشوش وهو يتقدمنا في تلك الساحة التي أشبهها بأسلوبي المتواضع بـ Food Court شاسعة انتشرت على أطرافها المطاعم ذات الخمس نجمات فما فوق؛ تعلّقت هي بذراعي وأشارت إلى مطعم استقر على قمته مجسم عملاق لهامبورغر يدور وعليه قبعة كاوبوي..

"أهه المطعم يا حسام.."

في تلك اللحظة بالذات تذكّرت احتفالاتنا المتواضعة عند استلام المكافأة في بداية الشهر، كنا نصرف جزءاً معتبراً منها في مطعم تشيليز ومن ثم تتدهور خياراتنا الغذائية مع جفاف المكافأة ولا يتبقى لنا سوى خبز التميس المجمّد في نهاية الشهر.

تخطينا الزحام وطابور الانتظار لنجلس على طاولة مميّزة مطلّة على المجرى المائي مباشرة، يبدو أن أهالي هذه المدينة مهووسون بالكريستال، فقد كانت أرضية المطعم شفافة ومرتفعة قليلاً عن سطح الماء، عندما نظرت حولي شعرت بأن الطاولات تسبح فوق الأمواج ومن تحتها أسراب الأسماك وحدائق المرجان.

تناولَت قائمة الطعام ومالت علي بدلال وهي تقول:

"حتلاقي هنا كل شي يعجبك"

فتحتُ القائمة، مع أن الجوع لم يتمكن مني بعد، لكن الصور المجسّمة الحيّة التي تفوح منها روائح الوجبات كانت كفيلة بتفجير غددي اللعابية! برغر.. ستيك.. ناتشوز.. أجنحة الدجاج الجاموسية الملتهبة.. في العادة تقفز عيني مباشرة لخانة الأسعار، وتصاب بالعمى المؤقت تجاه الأطباق التي يتجاوز سعرها حاجز الخمسين ريالاً، ولكن هذه القائمة ازدادت روعةً بخلوّها من الأسعار اللعينة! تقدم إلينا النادل وسألنا بكل لطف:

"Madam, Sir, What would you like to order?"

"تحب أطلب لك ناتشوز وبافالو وينغز وتشيز برغر ويل دن كالعادة؟"

لم أعد أتفاجأ من التفاصيل التي تعرفها عني، تجاهلت جوعي المتفاقم وأنا أمثل دور الشاب اللبق وأسألها:

"إش تحبي تاكلي إنتِ؟"

"تيركي ساندوتش ودايت كوك.."

أجبت على النادل:

"May I have one turkey sandwich, one home made cheese burger with bacon, make it well done please, I would also like to have some nachos, and starter platter"

"What would you like to have for drink?"

"Diet Coke, Lemon Ice Tea, and a bottle of still water please"

بالرغم من أن إنجليزيتي مصابة بالكُساح إلا أنني تحدثت معه بطلاقة وبلهجته الأمريكية القحّة، وكأنني قد ترعرعت في ريف تكساس بدلاً من حي السامر!

ذهب النادل ولم تمض بضع ثوانٍ حتى جاءت الأطباق تقدّمها فتاة ترتدي زي الكاوبوي الأمريكي؛ هجمتُ هجوماً كاسحاً همجياً بربرياً على ذلك البرغر المسكين.. عجزت يداي عن احتوائه من ضخامته فغاصت أصابعي في خبزه اللين الطري الذي ودّع الفرن للتو ففاحت رائحته وامتزجت برائحة اللحم المشوي وأذابت في طريقها شريحة الجبن قبل أن تذيبني.

قضمت قضمة لا تتناسب أبداً مع حجم فمي، رافقتُ أسناني بجميع أحاسيسي في رحلتها عبر طبقات الساندوتش فاكتسحني طوفان النكهات وأشعرني بألمٍ طفيف في أطراف فكي تحت أذني إثر النزيف اللعابي الذي أصابني. لم أمهل جهازي الهضمي ولا التنفسي ولا العصبي ولا حتى اللمفاوي الفرصة لاستيعاب هجوم البرغر، فتناولت رقاقة ناتشوز دافئة واغترفت بها غرفةً من الجبنة الذهبية الملتهبة وزينتها بقليل من حِمم الصلصة ومن ثم أقحمتها دفعة واحدة في فمي الذي لم ينه التعامل مع لقمة التشيزبرغر بعد. راقبَتني بدهشة وأنا أحرك طواحين فمي ولساني يتلوى وسط الزحام بصعوبة وهي لم تلمس وجبتها بعد، توقفَت للحظة عندما لاحظَت طفاستي فانفجرَت ضاحكة..

"بالعافية يا حسام؛ أول مرة أشوفك تاكل بهذي الطريقة!"

استعنت برشفة من الشاي المثلج المنعش كي أنهي المهرجان المشتعل في فمي، وانزلقت اللقمة العملاقة بكل سعادة عبر بلعومي إلى معدتي؛ الآن استعدت القدرة على التنفس والكلام:

"طيب.. وبعدين؟"

"وبعدين إيش؟"

"متى ناوية تفهّميني؟"

"أفهمّك إيش؟"

"تفهّميني إيش اللي بيحصل هنا؟!"

"اللي بيحصل إننا مبسوطين هنا مع بعض، وإنك بتاكل وكأنك عمرك ما شفت الأكل!"

"لا تتهربي من سؤالي.."

"لحظة لحظة.."

قالتها ونادت إحدى النادلات الكاوبويات، وهمست في أذنها فابتسمت الفتاة وتوجهت فوراً نحو المنصّة في منتصف المسرح حيث انهمك أعضاء الفرقة الموسيقية بتركيب آلاتهم وسمّاعاتهم، كانت فرقة من خمسة رجال وسيدتين يرتدون بدلات مخملية أنيقة بنفسجية اللون مع ربطات عنق ذهبية وقبعات كاوبوي. أصغى رئيس الفرقة للفتاة وأومأ برأسه، وبدأوا بعزف الأغاني المفضلة عندي، وكأنهم يحفظون القائمة التي أستمع إليها كل يوم في هاتفي وسيارتي! ولكنهم عزفوها بطريقة أروع من الأصلية بكثير.

في هذه الأثناء تصاعدت شدة تيار الهواء الداخل عبر النافذة وبدأت ألاحظ حركة غريبة في السحاب والأمواج؛ في الواقع نحن الذين تحركنا.. لقد تحركت الجزيرة بأكملها! ارتفعت عن المياه وبدأت تسبح في الهواء ورأيت أنوار المدينة والحدائق والممرات المائية تتضاءل من خلال الكريستال تحت أقدامنا، كانت الأنوار والأبراج تملأ كل نقطة تمكّن بصري من الوصول إليها؛ لكن وبالرغم من دهشتي لم تنجح مراوغتها لتشتيتي عن أسئلتي فكررتها بصرامة أكبر:

"قلت لك لا تحاولي تتهربي مني! أنا في حلم صح؟"

"بذمتك فيه أحد عاقل يتوقع إجابة مقنعة من إنسانة خيالية في أحلامه؟ منت شايف وحاسس وسامع اللي حولينك؟ هذا حلم هذا؟ عمرها كانت الأحلام بهذا الوضوح؟"

"طيب.. أقرصيني لو سمحتِ!"

"نعم؟!"

"أقول لك أقرصيني!"

41

قلتها بجديّة وعصبية فأطلقت ضحكة قصيرة وتلفتت لتتأكد أن الأنظار ليست موجهة نحونا:

"طيب طيب.. أعصابك! أهه!"

شعرت بأناملها الرقيقة الناعمة في ذراعي، متأكد أنني شعرت بها بالرغم من أنها كانت دغدغة على شكل قرصة؛ هذا لا يكفي!

"اضربيني كف!"

"لا لا إنت فعلاً اتجننت.."

"اضربيني!"

صفعَتني صفعة مدللة فهمست بعصبية وأنا أكتم انفعالي بين أسناني المطبقة:

"اضربيني بقوة! يللا!"

صفعتني صفعة حقيقية هذه المرة! شعرت بوخزات دبابيس صغيرة تتقافز فوق مساحة كفها الذي ترك علامة حمراء مع حرارة بسيطة على خدي، التفت إلينا من حولنا بعد رنين الصفعة ثم تداركوا الإحراج بالتجاهل وتلفيق الابتسامات..

تحسستُ مكان الصفعة بألم، فوضعت كفها على كفي وخدي وكادت دموعها أن تقفز علي وهي تقول:

"حبيبي يقطعني! تعورت؟ معليش سامحني.. والله ما كان قصدي!"

"مستحيل أكون نايم.. ومستحيل أصدق إن هذا كف بنت! فكرتيني بأستاذ عايض!!"

تحول هلعها لضحكة كتمتها بيدها وهي تقول:

"لا يغرّك شكلي.. تراني أعجبك وقت الجد!"

"طب أحلفي إني ماني نايم، أحلفي إني ماني في حلم!"

"وليش ما تكون حياتك الثانيه هي الحلم ودوبك صحيت منه؟ منت شايف الأشياء هنا أوضح وأحلى؟"

"قلت لك لا تتهربي.. أحلفي!"

"والله العظيم إنك بكامل وعيك وإن هذا مو حلم"

43

"أصلاً حتى لو حلفتِ، إش يضمن لي إنك صادقة؟ إش يضمن لي إنك تعرفي ربنا؟ متحررة.. متبرجة.. عايشة في وسط كل هذا المجون والاختلاط.."

سكتت فجأة، اختفت اللهفة من ملامحها واعتراها حزنٌ غاضب معاتب. فاكتشفت حماقتي الفادحة؛ ليتها تصفعني مئة صفعة وتنسى العبارات المنتنة التي قلتها!

"الله يسامحك يا حسام!.. يكون في علمك إحنا نعرف ربنا كويس، وما يحتاج أحلف لك.. لو ما بتصدقني إنت حر! ماحد غصبك!"

"زعلتِ مني صح؟"

"المشكلة إني ما أقدر أزعل منك، أولاً لأني عارفه كل الظروف اللي مريت بيها والعقليات اللي خالطتها"

"وثانياً؟"

"وثانياً.. عشان أنا..."

"إنتِ إيش؟"

"ولا شي، مو تقول عندك أسئلة؟ يللا اسألني عن أي شي بس بشرط.."

"اتفضلي اتشرّطي"

"ما حاقدر أجـوابك غيـر بـ (إيوه) أو (لا)، صدقني ما أقدر أعطيك أي تفاصيل، إلا في حالة واحدة"

"إيش؟"

"لو قررت إنك ما ترجع أبداً لماضيك ممكن أكشف لك كل شي! غير كذا ما حاقدر أقول أي شي، كل اللي رح أحاول أسويه إني ألمّح لك بتفاصيل حياتك عشان تتذكر وتعرف إنت كيف جيت هنا وكيف حترجع"

"يعني لو شرحتِ لي كل شي حانحبس هنا؟"

"حتعيش معايا هنا.."

"للأبد؟"

"للأبد!"

"لا لا مستحيل!.. طب حاسألك وجاوبيني بإيوه أو لا.."

أراحت خديها على كفيها ونظرت إلي بعينيها القاتلتين اللتين عكستا الأجواء العسلية المخملية من حولها هذه المرة وقالت بدلال شهرزادي:

"تحت أمرك يا سيدي"

"أنا باحلم؟"

"قلت لك.. لأه!"

ركزّت جرعة دلالها هذه المرّة في كلمة (لأه) فقالتها ببطء وألصقت طرف لسانها في سقف حنكها لوهلة ثم أطلقت سراحه مع همزة وهاء خفيفة.. تجاهلتُ الدوار الذي انتابني من غنجها وواصلتُ الأسئلة:

"يعني أنا صاحي؟"

"إيوه"

"كل شي هنا حقيقي مو مجرد خيال في ذهني؟"

"إيوه كل شي هنا حقيقي"

"إنت جنيّة؟"

"باسم الله عليّ! لا طبعاً.. ماني جنيّة"

"أنا في تجربة علميّة نقلتني للمستقبل؟"

لم تتوقف عن الضحك وهي تقول:

"لا لا.. حرام عليك بتقتلني من الضحك!"

"في كوكب تاني؟"

"إنت من جد متأثر بالأفلام اللي طفشتني بيها!"

"أنا ميت صح؟"

"بعيد الشر عنك! ليه تقول كدا؟!"

"يعني.. كل هذا النعيم، ولا تآخذيني.. كمان جمالك.. يستحيل يكون دنيوي!!"

لم أقصد أن أدغدغ مشاعرها، ولكن من الواضح أن كلماتي جعلت تلك المشاعر ترقص طرباً وترسم ابتسامتها وهي تقول:

"يعني معقوله بعد كل المواد الدينية اللي درستها والخطب والمحاضرات متخيل الجنة مكان زي دا؟"

لا لا لا.. هل يعقل أن تعطيني فتاة كهذه درساً دينياً؟ واصلت شيختنا الجليلة حديثها:

"الجنّة فيها مالا عين رأت ولا أذن سمعت ولا خطر على قلب بشر.. واللي انت شايفه حولينك أي شخص عادي يقدر يتخيله! الجنة عالم ثاني يا حسام، ما تربطه بالدنيا إلا المسميات فقط..!"

إنها تقتبس من الأحاديث وأقوال ابن عباس!! لم أشأ أن أسألها عن مصادر معلوماتها فقد بلغ بي التوتر مبلغه، يجب أن أعرف أين أنا!

"طب أنا فين قولي لي! أرجوكِ قولي لي!!"

"خلاص أقول؟ قررت تعيش معايا للأبد؟"

"خلاص لا تقولي لي.. حاكتشف بنفسي!"

نسفت بوادر الفرحة التي ظهرت على وجهها بجوابي فاكتساه الإحباط.. كم أنا حقير.. حقير ودنئ ووضيع وصفيق وقليل أدب! كيف أعامل هذا الملاك بكل هذه القسوة؟ قمت من الطاولة فنادتني بقلق:

"فين رايح؟"

لم أجبها، وإنما توجهت إلى قائد الفرقة.. وعدت إليها؛ وقفت عندها وقفة استعراضية وكأن رشدي أباظة قد خرج من أحد أدواره الدونجوانية:

"تسمحي لي بالرقصة دي؟"

بدأت الفرقة تعزف الأغنية التي طلبتها، جحظت عيناها من الدهشة والسعادة وكادت أن تقفز من مقعدها لتتعلق بذراعي، اتجهنا نحو المنصة.. خفتت الأضواء قليلاً والتفت نحونا جميع من في المطعم:

"(كلمات) كتبها نزار قباني، ولحنها إحسان المنذر، وغنتها ماجدة الرومي؛ كنت تسمعها في السيارة وتخبي السي دي تحت المقعد عشان ما يكفشك أبوك.."

ابتسمت وأنا أتأمل عينيها، لا يهمني ما تعرفه عني، لا أريد أن أعكر صفو هذه اللحظة بأي شئ يشغلني عن عينيها، فقط جعلت كفّي وسادة لكفّها، وعانقَت ذراعي خصرها، فأصبح جسمها معلقاً بجسمي، مستسلمة تتوسد كتفي وصدري وأنا أراقصها على كلمات نزار. فشلت محاولات قوامها الفارع وكعبها العالي في مناهزة طولي، ما أجمل هذه السنتيمترات! سحقاً لك أيها القِصر سحقاً!!

49

"كم طولك؟"

"طولي؟! ١٧٦ سم ليش؟"

"يعني أنا طولي يطلع تقريباً..."

"١٨٩ سم!"

قالتها بمرح، ثم بدأت تغني بانسجام..

"يُسمعني.. حين يُراقصني.. كلماتٍ ليست كالكلمات..
يأخذني من تحت ذراعي.. يزرعني في إحدى الغيمات.."

غنتها بصوتٍ ملائكي أنساني إدماني لماجدة وفيروز وكل صوت أنثوي سمعته في حياتي، كنت أشعر بالإحباط كلما سمعت الأغنية، لأنها تحكي باختصار تفاصيل لحظة يستحيل أن يعيشها شخصٌ مثلي؛ لا يملك مالاً ولا جاهاً ولا جمالاً ولا طولاً.. والأهم من ذلك لا يملك قلب حسناء تبادله أطراف العشق، كنت أعتبرها فانتازياً وهمية أستمع إليها فقط كي أتلف أعصابي؛ وها أنذا أعيشها اليوم بكل حذافيرها، أراقص ملكة جمال الكون، أحملها من تحت ذراعها وهي تغنيها لي.

كنا نـرقص مع ألحانـها وكانت المـوسيقى تعزفـنا كـما تعزفـها، عانقت نظراتها نظـراتي، واحتضنت أنفاسَها أنفـاسي، ففـاضت قطرات من نهر التوپاز في عينيها الواسعتين وتعلقَت على أهدابها النحـاسية للحظات قبل أن تغـادرها مع دورانـها بـين ذراعـي. ألا يُفترض بتلك الدمعات أن تُذيب بعض مساحيق التجميل حول عينيها كما تفعل عادة ببنات عالمي الذي أتيت منه؟

"على فكرة أنا ماني حاطّة أي ميك أب!"

"ليش؟!"

سألت سؤالي الغبي فنظرت إلي بتوسل وهي تقول:

"مو عاجـبك شكلي؟ تـحب أحط لك مـيك أب؟ إش الشكل اللي يعجبك؟"

ألا تـعرف هذه المجنـونة أن جمـالـها يـسخر من شركات تـصنيع المنتجات التجميلية؟ ألم تستوعب أن حُسنها لا يعترف بمقاييسنا البشرية؟ حاولتُ مداراة سؤالي:

"لا بالعكس، أنا للآن مـاني قادر أصدق إنه ممكن يكون فيه في الوجود مخلوقة بجمالك، ما بالك إنه المخلوقة الأسـطـورية هـذي ترقـص الآن بـين أحضاني؟"

الآن اكتشفت أن حـمرة خديها لـيس لها عـلا قـة بمـساحيق التجميل، فقد نضجت خجلاً أمام عيني وفرّت من نظراتي إلى صدري؛ فسألتها :

"إنتِ تقرأي أفكاري صح؟"

"لا"

"ولكن كيف..."

رفعت رأسها عن صدري وقاطعتني بنظرتها قبل عبارتها :

"تقدر تقول غريزة"

"غريزة؟ حسستيني إنك أمي"

"الـحب يا حسام يمزج القلوب والأرواح، يخليها تسابق أحاسيسها، تشوف قبل عيونها، وتسمع قبل آذانها"

ألجمتني كلمـاتها، عادت إلى صدري وأسدلت جفنيها إلى أن انتهت الأغنية.. توقفت الموسيقى، واستمر رقصنا بدونها، إيقاع قلوبنا كان كافياً. توقف المطعم عن الطفو بهدوء، فرفعت رأسها وقالت بنبرة حزينة:

"وصلنا .."

نظرتُ من النوافذ المفتوحة لأكتشف أن المطعم أصبح بمحاذاة غرفتي التي استيقظت فيها.. أخذت بيدي إلى شرفة المطعم حيث امتد مسار من طرفه إلى طرف شرفتي، نزلتُ من تلك الجزيرة الطافية ولكنها لم تنزل معي..

"ما حتنزلي؟"

"لازم أمشي.. فيه أشياء كثير لازم أجهزها لك"

"طب.. طب ما حاشوفك مرة ثانية؟"

"لو تبغاني ناديني وأنا أجيك على طول.."

قالتها عندما بدأت تلك الجزيرة الطائرة بالابتعاد تدريجياً وهي تقف على طرفها والهواء يلوح لي بثوبها وشعرها، فهتفت كي تسمعني:

"كيف أناديكي؟ إنتِ ما قلتي لي إسمك؟"

"إنت سألتني خمسين سؤال ولا حتى فكرت تسألني عن اسمي.."

سحقاً! كيف لم يخطر ببالي أن أسألها عن اسمها؟ أتتني إجابتها وأنا أجتر حرجي:

"أنا ملاك يا حسام!"

كان صوتها يتضاءل وهي تبتعد على متن ذلك الشئ الطائر إلى أن اختفى في الأفق.. واختفت معه.. ملاك!

هُناك

(3)

أيقظوني!

إبراهيم عباس

لم تشعر خلايا مخي بالإنهاك من قبل كما شعرت به اليوم، كانت تتعرض لضغط رهيب وأنا أعتصر آخر قطرة ذكريات فيها .. بلا فائدة! بحثت بين دهاليزها عن تفسير منطقي لكل ما يحصل لي، وفشلت فشلاً ذريعاً .. لا تزال ذاكرتي مضمحلّةً فيما عدا الأحداث التي عشتها هنا، تذكّرتها بأدق تفاصيلها؛ الذكريات تكون واضحة في المعتاد إذا كانت طازجة ثم تصبح ضبابية وتتبخر مع الزمن، ولكن ذكريات الأحداث التي مرّت بي هنا تختلف، لا أستطيع حتى أن أعتبرها ذكريات من شدّة وضوحها، وكأن ملاك لا تزال تصهرني بين ذراعيها وتغرقني في عينيها. سحقاً لها ما أجملها! استنتجت أنها تعمّدت إنعاش ذاكرتي بشكل غير مباشر! ذكّرتني بملابسي المفضّلة وبالأغاني التي أسمعها والوجبات التي أعشقها؛ يستحيل أن يكون كل ذلك محض صدفة! ولكن لماذا تتهرب من أسئلتي؟ لماذا تدّعي أنها لا تستطيع مواجهتي بالحقيقة؟ هل تنفذ ملاك أوامر شخصٍ ما؟ أو جهة ما؟ من تكونين يا ملاك؟ بالله عليك من تكونين؟

ها أنذا مرة أخرى في هذه الغرفة الشاسعة الفارغة، سأحاول أن أتأقلم عليها.. أن أستكشفها.. سوف أستخدم حدسي وأناملي؛ انطلقت بجنون في كل زاوية في الغرفة أمرر أناملي وأنقر بأصابعي كما فعلت ملاك، وبعد لحظات تحولت غرفتي إلى عالم آخر تماماً! كنت كلما لمست شيئاً انفتحت أبوابه وظهرت أدراجه وتوهجت إضاءته، باختصار كانت الغرفة مجهّزة بكل ما يخطر ببال. تداخلت القباب الكريستالية في بعضها البعض فانكشف السقف، ارتفعت الستائر وانفتحت جميع الأبواب الزجاجية فأصبحت الشرفة جزءاً من الغرفة، تزحزحت بوابة غرفة الملا بس وبجوارها ظهر شئ أستحي أن أسميه "حمّام" لأنه أفخم من أفخم قصر رأيته، ظهرت فتحتان دائريتان في منتصف الغرفة وصعد من الأولى مقعد جلدي أبيض أشبه بمقاعد الليزي بوي أبيض على طرفه طاولة صغيرة، ومن الفتحة الأخرى صعدت ثلاجة اسطوانية شفافة تحوي صفوفاً من المشروبات استطعت أن أميّز من بينها بعض مشروباتي المفضّلة ارتصت أسفلها تشكيلة من الشوكولاتات التي أعشقها بالإضافة إلى المكسرات والموالح، ومن جهتها الأخرى مكينة استنتجت من الروائح التي انبعثت منها أنها مكينة إعداد قهوة وشاي وجميع المشروبات الكفيلة بترويق أشد المزاجات تعكيراً..

باختصار فرع لكافيه متكامل في وسط غرفتي. لم أستطع مقاومة هذه الإغراءات، فمررت أناملي على الشاشة الصغيرة الملحقة بالمكينة واستطعت التعامل معها بسهولة فاخترت كابتشينو مزين بجبل صغيل من الكريمة المرصعة بقطع التوفي، واخترت صورة كعكة سمراء، ضغطتها فبرزت على استحياء، ساخنة تنزف سيلاً من الشوكولاته الذائبة وتتصاعد منها أبخرتها، هبطت عليها برفق كرة آيسكريم مزينة بزهرة ڤانيلا حقيقية تشبه التي لم أرها في حياتي سوى على أغلفة الكعك وعلب الآيسكريم. تراقصت في ساحات أنفي روائح القهوة والتوفي والشوكلاتة والڤانيلا، أخذت ذلك الكارنڤال الفوّاح، وجلست على الكرسي الذي تثنّى مع ظهري وهو يغوص فيه وظهرت أسفل قدمي وسادة وثيرة رفعتها برفق فأصبحت شبه مستلقٍ على ذلك الشئ المريح، وبجواري قهوتي وكعكتي؛ برزت من الأرض أربعة أعمدة رفيعة حولي، وقبل أن أفكر في ماهيتها أطلقت أشعة أحاطتني باسطوانة متوهجة، كانت عبارة عن شاشة مجسّمة ثلاثية الأبعاد تحيطني من كل جهة. لو كنت مليارديراً في الحياة الحقيقية لأنفقت ثروتي لاختراع شئ كهذا!

ظـهرت أمامي صور فهـمت منـها أنـها خـيارات بـين الأفلام والموسيقى والألعاب والكتب، كانت بارزة ومجسّمة أمامي، مددت يدي لصورة الشريط السينمائي فاخترقته وبدأ يتحرك، دفعت يدي في الفراغ فتحركت الصور مستجيبة لتلويح يدي.. إنترنت!!! أحـتاج إنترنت لمعـرفة ما يدور هـنا! يـجب أن أتـواصل مع أي شخص لطلب النجدة!..

فورما نطقت كلمة إنترنت تحولت الشـاشة أمامي، أو بالأصح "حولي" إلى متـصفح! نـعم سـأحلّ اللـغز الآن! يـجب أن أتذكر بريدي الإلكتروني، أو حسابي في الفيسبوك، أو تويتر.. يجب أن أتذكر كلمات السـر.. ما استعدته من ذاكرتي لم يسعفني كثيراً.. فتحت مواقع الصحف والأخبار لأكتشف التاريخ: السبت، الأول من شهر نوفمبر عام ألفين وأربعة عشر، صحيح تذكرت.. هذا تاريخ اليوم! الحمدلله أنا في نفس الزمن على الأقـل بحثت عن اسمي فـي محركـات البحث: حسام خالد الشـريف.. ووجدتني أخيراً.. وجدت حسابي على تويتر.. نعم هذه صورتي.. صورة بروفايلي.. أتذكرها جيداً.. وجدت آخر تغريدة كتبتها منذ ثماني ساعات: "الليلة يا طلعة سمك، يا تحدّي بلايستيشن.. ياله من اختيار صعب!". كيف يمكنني الدخول لحسابي؟ سأفتح حساباً جديداً..

يجب في البداية أن أفتح حساب بريد إليكتروني، حاولت أن أنشئ حساباً في قووقل، كل شئ يتوقف عندما أضغط زر التأكيد! كررت محاولاتي في هوتميل وياهو وجميع مواقع البريد الإلكتروني بلا فائدة! أعتقد أنها مشفّرة، سأستغل الإ نترنت بطريقة مختلفة إذاً، سأبحث عن طرق الا ستيقاظ من النوم والغيبوبة، أمضيت ساعات وأنا منهمك بدراسة كل ما يتعلق بالنوم والأحلام والغيبوبة والتنويم المغناطيسي، والأهم من ذلك كله كيفية الا ستيقاظ منها. أفضل طريقة للا ستيقاظ من حلم مزعج هو أن تنام داخل الحلم حتى تستيقظ في الواقع! شاهدت عشرات أفلام اليوتيوب، كانت جميعها ثلاثية الأبعاد تدور حولي، كان دماغي يعمل بكل كفاءة وتركيز لم أحلم بهما حتى أثناء أعتى الامتحانات الجامعية، شعرت أنني تحولت لعالِم ميتافيزيقي في ساعات قليلة. ولكنني تلقيت صدمة عنيفة! الوقت لم يتزحزح! بعد عدة ساعات لم يتغير شئ في المواقع، تغريدتي مازالت متجمدة منذ ثماني ساعات! لم تتم إضافة أي ڤيديو في اليوتيوب ولا أي تحديث أو حتى تعليق في أي موقع!

جميع المواقع لا تزال تظهر الساعة الثانية عشر وثلاثاً وعشرين دقيقة فجر السبت، الأول من شهر نوفمبر عام ألفين وأربعة عشر، وكأن الزمن قد تحنّط عند تلك اللحظة بالذات!

هذا الإ نترنت وهـمي! عـبارة عن قـاعدة بيـانات غـير متـصلة بالإنترنت، بل تـحوي كل ما في الإ نترنت حتى هذا التـاريخ أو بالأصح حتى تاريخ انتقالي من عالمي إلى هنا! إذاً فـرحتي بأنني لا أزال في نفس الـزمن لم تتم! كيف لم أنتبه أننا في عزّ النهار بينـما يـشير الـتوقيت إلى منتصف الليل؟! إذاً أمـلي هو أن أنام وأكتشف أن كل هذا مجرد حلم! تركت غوصة المقعد لأغوص في الـسرير، أغمـضت عيـني.. واسترخيت؛ في الـعادة ينـقضّ عـلي الـنوم قـبل أن أناديه، ولكـنـني فشلت الـيوم في استدعائة؛ مرّت أكثر من ساعة وأنا مستلقٍ على السرير مغمض عيني، أعصرهما بلا فائدة ! تعبت من التفكير والـمحاولات.. حسنٌ، يكفيـني ما اكتشفته اليوم. بما أنني محبوسٌ هنا فسأستمتع بكل ما حولي إلى أن ينهكني التعب وأحضر النوم رغماً عنه!

تـجولت في جناحي، اتـكأت عـلى حـافة الـشرفة الـشفافة أتـأمل المدينة، تبدو مكتظة بالحياة أكثر من البارحة، وضوح الأشياء هنا يـكاد يـصيبني بالجنون، كل ما أراه وما أسمعه وأشعر به هـنا واضح وجلي بشكل مربك، ألقيت ببصري على الشاطئ الرملي، يبـعد مئات الأمـتار، ومع ذلك أستطيع رؤية الـناس وتمـييز أشكالهم وسماع ضحكاتهم.. هل يستطيع مخلوق أن يقاوم هذا الشاطئ؟!

توجهت إلى غرفة الملابس التي تحوي قسماً خاصاً بالملابس والأدوات الرياضية التقطت شورتاً بماركة أوكلي التي اعتدت على التغزّل بها واخترت النظارة الشمسية التي تحمل نفس الخطوط النارية التي تزينه وأخذت معها پولو تي شيرت تركوازي اللون ومنشفة ألقيتها على أكتافي ونزلت.. كانت فرقة العازفات لا تزال تعزف في البهو.. ولكنهن كن يعزفن ألحاناً نهارية كلاسيكية مرحة أشعرتني أنني في أحد منتجعات ميامي في الستينات.. لكزَت إحداهن صديقتها لتلتفت إلي.. وفضحتهن ابتسامات الإعجاب وأنا أمر أمامهن وكدن أن يتلعثمن في معزوفتهن عندما بادلتهن الابتسامة؛ أغراني ارتباكهن فاقتربت منهن، وانهارت لا مبالاتهن المصطنعة عندما وقفت أمامهن مباشرة وشبّكت ذراعي وأنا أراقبهن بإعجاب. توقفن عن العزف من شدّة الخجل.. فصفّقت لهن بحرارة، صفقة إعجاب بموهبتهن، وتقدير لجمالهن، وتلطيف لاستحيائهن. نزلت الفتاة التي تجلس في المقدمة من مقعدها الرخامي في قلب النافورة فمددت لها يدي لأساعدها، فتبعتها الأخريان:

"أنا ليان"

خشيت أن أهشّم أيديهن الضئيله عندما صافحتهن:

"هذي أختي لين.. وهذي أصغرنا.. لينا"

"تشرّفنا.. وأنا حسام الشريف"

تبادلن ضحكة خجولة متعجّبة عندما عرّفت بنفسي فبادرتني:

"سيّد حسام، الكل هنا يعرفك"

"هنا؟.. هنا فين؟! المصيبة أنا أصلاً ماني فاهم أي شي
هنا إش هذا المكان أصلاً؟!"

"هذا برج الضيافة التابع للمجمّع المركزي في H
Universe"

"ما فهمت أي شي! H Universe؟! يعني شعار حرف
H اللي في كل مكان يرمز لها؟"

"بالضّبط"

"أنا كنت فاكر إنه أحد فنادق الهيلتون في حقبة ما من
حقب المستقبل!"

ضحك البنات بالرغم من أني لم أكن مازحاً، فواصلت أسئلتي:

"طيب كيف أقدر أتنقّل هنا؟ في تكاسي؟!"

"كل شي يخطر على بالك موجود هنا، تحب أجيب لك سيارة؟ يخت؟ طيارة؟"

قالتها وأخذتني بيدي إلى أحد المقاعد في الردهة فجلسنا ومررت بيدها على الطاولة الصغيرة أمامها فظهرت صورة ثلاثية الأبعاد للحرف H:

"يعني لو في سيارة أحسن عشان أسوقها براحتي"

تنقلت بيدها بسرعة فظهرت مجموعة هائلة من السيارات ثلاثية الأبعاد، وكأننا في مرحلة اختيار السيارات في إحدى ألعاب البلايستيشن، وسألتني:

"في سيارة معيّنة في بالك؟"

أجبتها بالعبارة التي أقولها دائماً لموظف استئجار السيارات:

"أي سيارة صغيرة ظريفة وسعرها معقول"

لم تستطع ليان وأخواتها حبس ضحكاتهن، مرّت من بين السيارات المعروضة فاتنة أسالت لعابي فلاحظت ذلك ليان:

"عجبتك الفيراري؟!"

حبست لعابي بصعوبة وأومأت برأسي كفتاة سألها أهلها إن كانت تقبل بالزواج من فتى أحلامها!

"تحب تختار أي لون ثاني؟ وللا عاجبك لونها الأحمر؟"

استمرت إيماءاتي الخرساء البلهاء.. فابتسمت ليان وهي تقول:

"دقيقة وتكون هنا!"

وفعلاً لم تكمل ليان عبارتها حتى ارتفع هدير السيارة ورأيتها تقف بنفسها أمام مدخل المبنى.. تخلّيت عن قواعد اللباقة فتركت ليان وأخواتها دون حتى أن أشكرهن وركضت نحو الفيراري حافي القدمين تكاد منشفتي تسقط عن كتفي.

طبّقت حلم حياتي في تجاهل باب السيارة المكشوفة والقفز على الكرسي مباشرة، وهتفت في سرّي "أرجوكِ سامحيني يا عزيزتي الكامري.. أرجوكِ!" ارتطم كوعي بحافة السيارة ولكنني لم أفسد اللحظة بآلام كوعي وتكهرب ذراعي، فقط لوّحت لليان وأخواتها اللائي وقفن يراقبنني بسعادة من خلف الزجاج؛ عدّلت المرآة أمامي.. ولكن ماهذا؟! أين المقود؟ لا يوجد مقود! ولا حتى دوّاسات!! فقط زر تشغيل وكرة حمراء متوهجة وشاشة مجسّمة أمامي.. ما هذا؟ أريد أن أقود سيارة حقيقية!

امتعضت جداً جداً.. ولكنني سرعان ما تأقلمت على قيادة هذه اللعبة، فتلك الكرة العجيبة تتفاعل بسلاسة مع حركة يدي، أدحرجها يميناً ويساراً للانعطاف وأدفعها للأمام لزيادة السرعة وللخلف للتراجع وأضغط عليها لتخفيف السرعة والتوقف؛ شعرت أن قدمي اليمنى ويدي اليسرى معطلّة تماماً، ليست معتادة على كل هذا الكسل أثناء القيادة. ما أجمل صوت انسياب العجلات على الطريق والرجفة اللذيذة التي تحدثها مربعاته الصخرية؛ لم أتهور، لا أعرف أنظمة وقوانين هذا المكان، فاكتفيت بقانون "يا غريب كون أديب" حتى إشعار آخر. كان الطريق الصخري يشقّ الحديقة التي تفصل البرج عن الشاطئ، وينعطف بمحاذاة الساحل ويمتد عبر مبنىً على شكل قوقعة عملاقة مغطاة بمادة لؤلؤية مصقولة. هذا المبنى عبارة عن مجمّع تجاري متكامل، تباطأت سيارتي وأنا أمر بجوار الفاترينات، لست متأكداً إن كان هؤلاء الواقفون خلفها عبارة عن إسقاطات ثلاثية الأبعاد أم مجسّمات حية متحركة أم أشخاص حقيقيون! فضولي جعلني أدوس على كرة القيادة لا شعورياً فتوقفت الفيراري أمام بوّابة المبنى ونزل الشاب الوسيم المحروم حافي القدمين ليقتحمه!

شعوري الآن يشبه شعوري في المرّة اليتيمة التي زرت فيها دبي عندما جمعت أول راتبين أتقاضاهما في حياتي وسافرت مع أمي ومرام.. الشهقة التي شهقتها ذلك اليوم عندما دخلت دبي مول لأول مرة تساوي تقريباً جزءاً من ألف من الشهقة التي شهقتها اليوم!! تسكعت في ذلك المول لعدة ساعات، مول؟ لا لا إنني أهينه بهذا الوصف.. هذا حتماً شئ آخر! جنّة من التسوّق والمتعة، وليكتمل نعيم هذه الجنّة لم يطلب مني أحد أي نقود! لا نقود، ولا بطاقات ائتمانية ولا صرّافات آلية؛ نسيت الكلمة اللعينة الأكثر اعتصاراً للقلب وتوريماً للقولون: "بكم؟"! فقط ألتقط ما يعجبني فتلفّه لي البائعة وتضعه في الكيس بكل ود وتودعني باسمي.. فعلاً الكل هنا يعرفني!

حتى الأطفال يشيرون إلي ويفلتون أيادي آبائهم ويهرولون نحوي ليلقوا التحية ويلتقطوا معي الصور.. أرجوكم ذكّروني أن أكافئ نفسي وعقلي الباطن على كل هذه الدقّة والإبداع بعد أن أستيقظ من هذا الحلم اللذيذ!

تجوّلت بين محلات السوق وتبضّعت بكل طفاسة ثم عرّجت على ردهة المطاعم وحيّرتني بعض الخيارات قبل أن أعدل بينها وأجربها جميعاً. توجهت إلى قاعات السينيما المجسّمة ودخلت في قلب الفيلم الذي اخترته مع طنجرة الناتشوز وسطل الكاراميل پوپكورن وبرطمان الآيسكريم.. لأول مرة في حياتي تنهكني المتعة ويتعبني الأكل! أستطيع أن أقضي عدة أيام -أو أسابيع- في الاستطلاع والاستمتاع هنا. ولكنني في نفس الوقت لا أريد أن أفوّت متعة السباحة، سأغادر الآن قبل أن يحل الظلام، استوقفني محل للمجوهرات قبل أن أصل للبوابة، دخلت أبحث عن هدايا مناسبة لأمي ومرام، وحتى لو كان كل هذا مجرد حلم، فلطالما حلمت بإسعادهن!

بداهة -وكأي شاب سعودي- أول ما خطر ببالي هو شراء هواتف آيفون لهن، لكن لحسن حظي عثرت على هذا المكان وأنقذتني البائعة التي اقترحت علي مجموعة من الهدايا الرائعة، لم أتردد في أخذها كلها وطلبت منها أن تزيّنها وتضعها في أكياس منفصلة لأمي ومرام، سأحكي لهما عن هذه الهدايا بالتفصيل عندما أستيقظ!

"ما تحب تاخذ أي شي ثاني سيد حسام؟"

قالتها البائعة في اللحظة التي لفتت انتباهي فيها تحفة صغيرة عبارة عن قطعة ألماس لونها يحمل نفحة زهرية على شكل قلب يحتضنه جناحان من الذهب الأبيض. في الحقيقة ذكّرتني بملاك..

"هذي أكثر قطعة مميّزة عندي، ذوقك رائع سيد حسام"

طالما أن كل شئ هنا بالمجان فلم لا أكون فتىً لبقاً وأقدم لها هدية في مقابل دعوتها اللطيفة لي. لن أضيع كيساً من أجل قطعة صغيرة، فألقيتها في جيبي وحمل كل إصبع من أصابع يديّ نصيبه من الأكياس، حشرتها في الفيراري وانطلقت نحو الشاطئ.

كان الشاطئ مكتظاً بالناس، يلعبون يسبحون يسترخون؛ مشيت على الرمال البيضاء، كانت ناعمة جداً كأنها كرات رخامية صغيرة، تغوص أقدامي فيها لكعبي مع كل خطوة؛ فكّرت في أن أتعرف على الناس هنا، أن أسألهم أين أنا، ولكنني خجلت بصراحة، لن أجرؤ على الحديث معهم، وإن يكن حلماً ما يدريني إن كانت العوائل هنا تعتبر الشباب ذئاباً مفترسة كعوائلنا؟

موسيقى فرقة "الحسناوات الخجولات" (هكذا أسميت فرقة ليان وأخواتها) تملأ المكان انضم إليها عزف الأمواج والطيور التي قررت أن تشاركنا السباحة واللعب، رأيت طفلة صغيرة تعلّقت في بالونها وسط المياه وأخذت تطعم الطيور التي تجمعت حولها وعلى كتفها ورأسها، لتضع ضحكاتها اللمسة الأخيرة على الموسيقى الرائعة، من شدّة صفاء المياه كنت أرى ظل الطفلة وظل الطيور بوضوح على قاع البحر.. لولا تكسر تلك الظلال قليلاً بسبب الأمواج واللون الفيروزي الخفيف الذي اكتساها لظننت أنها معلقة في الهواء. لن أعود إلى عالمي قبل أن أحلل كل شئ هنا! سحبت نفساً عميقاً، ركضت نحو المياه المغرية، التقطت قنينة شاي مثلج أزرق من الكشك المنصوب في وسط المياه، فتحتها وأنا أركض، ارتشفت رشفة وصببت الباقي على رأسي، ألقيت بمنشفتي بعيداً، وقفزت قفزة عالية في الهواء، أو بالأحرى "طِرت" قليلاً.. تذكرت في تلك اللحظة بالذات أنني لا أجيد السباحة بدون العوامات!

ولكن لا يهم! كما تعلّمت الرقص في لحظة سأتعلم السباحة مع أول غطسة! غمرتني المياه، شعرت بلسعة برد لطيفة لم تستمر سوى ثوانٍ بسيطة، يا إلهي، المياه ليست مالحة، بل عذبة! وكأنني أسبح في بحر من الإڤيان!

فتحت عيني وكانت الرؤية في غاية الوضوح؛ توغلت لأكتشف جنة أخرى تحت الماء، تعبت عيني من كثرة الألوان؛ والعجيب أن المخلوقات هنا ليست مصابة بالرّهاب القهري كما في عالمنا؛ أمد يدي للأسماك الصغيرة فتتجمع حولها وأشعر بزغزغة قبلاتها في يدي وذراعي. نَفَسي الذي كان لا يسعفني لبضع ثوانٍ أبقاني تحت الماء لبضع دقائق قبل أن تطالب رئتاي بالمزيد من الأكسجين. استلقيت على ظهري وطفوت على سطح الماء؛ لقد ابتعدت كثيراً عن الشاطئ لكن موسيقى فرقة الحسناوات لا تزال واضحة، لمحت في الجهة الأخرى من الشاطئ مجموعة من.. من... شئ يشبه كثيراً الجِت سكي؛ ياه كم كنت أتمنى أن أمتطي هذا الشئ! لم أتجرأ على ركوبه من قبل، فنصف ساعة عليه كفيلة بتدمير ميزانيتي الشهرية! سبحت نحوها؛ إنها لحظة الانتقام من جميع مؤجري الجِت سكي الجشعين المفترين! كانت تطفو على سطح الماء بالعشرات، لم يكن هناك أحد يؤجرها. اخترت أكثرها تماشياً مع ألوان ملابسي، وثبت عليه، وانطلقت. كانت جرأتي وشجاعتي تزداد كلما زادت سرعتي وأنا أنطلق على بساط الكريستال الأزرق، محدثاً موجتين مرتفعتين عن يميني وشمالي، كنت أتجه بسرعة نحو الجهة الأخرى من ذلك الخليج حيث المدينة الهائلة، لكنها أبعد بكثير مما تبدو.

جـربت بـعض الحـركات البهلوانـية التي كـنت أشاهد الـشباب بحسرة وهم يستعرضون بها على الجِت سكي.. فـحاولت رفع نفسي وأنا منطلق بسرعة هائلة فارتفع معي الجِت وانطلقنا في الـهواء لبـضع ثوان، لأ عود للمياه وأغوص فيها كالـسهم قبل أن أطفو مرة أخرى؛ فكّرت للحظة في انتهاء وقود هذا الشئ وأنا في وسط البـحر، لن أجد من ينقذني هنا، فقررت أن لا أتمادى في تـهوّري وعدت أدراجي؛ لاحظت شخصاً آخر يتقدم إلي على الجِت، كان متجهاً نـحوي بالـضبط، أعتقد أنه من رجال الأمن يريد أن ينبهني أنني تجاوزت جميع لوائح السلامة؛ كان يزيد من سرعته وهو يتقدم نـحوي. من هذا المجنون؟ سيحطّمنا جميعاً! حاولت الانـحراف بالجِت ولكنه ارتطم بي من الجـهة اليمنـى ارتطامة عنيفة فطرت عن الجِت وسقطت في المياه، شعرت بآلام رهيبة في ساقي اليمنـى وصدري وحاولت أن أصارع المياه لأعود للسطح وألتقط أنفـاسي، ولكنـني شعرت بلكمة عنيفة في بطني وبذراعين قويتين تسحبني نحو الأسفل..

تمزّ قت رئتي وهي تستنزف آخـر ذرّة أكسـجين بداخلها، بدأت أفـقد وعيي، لم أعد أرى سوى الظلام، وسمعت صوتاً واضحاً يوبّخني: "دايماً تتأخر يا حسام!" ورأيت وجهها.. رأيت وجه أمي بوضوح وهي تعاتبني!

73

حاولت أن أصل إليها ولكنني شعرت بذراعين أحاطت بخصري وسحبتني إلى الأعلى بسرعة وسمعت صرخة انطلقت في لحظة وصولنا لسطح الماء:

"حسااام.. حسام! خليك معايا يا حسام! أصحى يا حسام.."

فتحت عيني بتثاقل، شعرت بوخز الأوكسجين وهو يعود إلى شرايين دماغي وبدأت أميز ما حولي، إنها ملاك! تحيطني بذراعها وتسبح بكل قوتها نحو الشاطئ، ألقتني على الرمال وألقت بنفسها جواري لتلتقط أنفاسها، ولم تلبث أن هبت تفحصني، سحبت رأسي على حجرها وأخذت تلطمني بتوتر وهي تقول:

"حسام خليك صاحي يا حسام، لا تقفل عينك.."

"لا تخافي أنا زي الحصان أهه! لكن ماعندي مانع تعملي لي تنفس اصطناعي من باب الاحتياط"

قلتها وأنا أسعل، لم تلتفت لمزحتي، فقط ضمّت رأسي لصدرها وهي تبكي وتقول:

"حرام عليك تسوي فيا كذا! كنت حتموتني من الخوف عليك!"

"ما كنت أدري إنه فيه شي ممكن يضرّني في عالم الأحلام!"

"أحلام؟ برضك تقول أحلام؟!"

قالتها وهي تنزع قميصي وتشقه بطرف أسنانها لتربط به ساقي التي تنزف بغزارة..

"شايف الجرح؟ شايف الدم؟ حاسس بالألم؟ كل هذا حلم؟"

تحسسَت ساقي لتتأكد من عدم وجود كسور وكأنها طبيبة استشارية في العظام، وتحسسَت الكدمة الزرقاء على صدري..

"الحمد لله ما في كسور.."

"عندكم هنا مستشفى؟"

"ما يحتاج، رح تتعافى بسرعة؛ بس خلينا نستريح شوية وبعدها أوصلك.."

استلقت على الرمال واستلقيت جوارها لأتلقى عتابها:

"حسام إش سويت بنفسك؟ إش حصل بالضبط؟"

"تسأليني أنا؟ كنت أحسبك تعرفِ في كل شي هنا!"

"إش يدريني باللي حصل لك.. أنا حسيت إنك في خطر وجيت على طول!"

"إنتي بتجننيـني؟ كيف عـرفت إني في خـطر؟ وكيف عرفت إني هنا أصلاً؟ كيف بتعرفي كل شي أفكر فيه؟"

"عادي إش فيها؟"

"كيف عادي؟"

"قلت لك غريزة! تقدر تقول تيليباثي، ما عمرك سمعت بالتيليباثي؟ التخاطر؟"

"أسمعي يا ملاك أنا لا أؤمن بهذي التخاريف!"

"هذي ماهي تـخاريف، التـخاطر مـوجود عـند كل الكائنات، الحيوانات تتخاطب مع بعضها بالتخاطر! مو بس الحيوانات، حتى النملة تعرف تتخاطر!"

"أنا ماني نملة!"

"البشر عندهم أقوى جهاز تخاطر.."

"لو عندي جهاز تخاطر ما كان عديت اختبارات الجامعة بالدّف!"

"عندك لكنك ما بتستخدمه! جهاز التخاطر عند البشر ضعف وضمر لأنهم أهملوه واعتمدوا على وسائل الاتصال المباشرة والمحسوسة"

"يعني إنتِ تحسّي بكل شي أحس بيه؟"

"تقريباً.. دحين سيبك من كل هذا وقول لي إش اللي حصل؟"

"واحد مجنون صدمني بالجِت.."

"مستحيل! مو معقول! فاكر شكله؟"

"ما انتبهت! إنتِ لو تفهّميني بس أنا فين عشان نعرف إش اللي حصل!"

"ما أقدر!"

77

"طب حاسألك وإنتِ جاوبي بإيوه أو لا.."

"تفضل يا سيدي.."

"أنا بدأت أتأكد إني في تجربة دماغية، يعني مخدّر أو في غيبوبة.. وإنه كل اللي باشوفه عبارة عن برنامج افتراضي واقعي وأنا عايش فيه ودماغي مقتنع إنه حقيقي!"

"هههههه قلت لك إنك متأثر بالأفلام!"

"إش قصدك؟"

"ماتريكس، إنسيبشن، ذي سل، ڤانيلا سكاي، توتال ريكول.. فكرة مستهلكة شفتها في خمسين فيلم!"

"هذا التفسير المنطقي الوحيد للي بيحصل هنا، كل شي هنا زي الحلم.. زي السحر!"

"زي السحر؟"

"إيوه سحر! كل شي مثالي، كل شي يستجيب للمساتي ويقرأ أفكاري.."

"باسألك سؤال: تخيل إنك تاخذ تلفونك أو كمبيوترك وتوريه لجد جدك.. تخيّل يشوف الأفلام ويعمل تشات مرئي ويتفرج على اللي بيحصل في الدنيا في جهاز قد الكف.. إش حيقول؟"

"سحر!"

"زيّك بالـضبط..! لو استمرت الـثورة التكنولوجيـة في عالمك بنفس الإيقاع رح تشوف كل الأجهزة اللي بتقول عنها سحر في كل بيت، في غضون عشرة أو عشرين سنة بالكثير!"

"يعني أنا في المستقبل صح؟"

"لأ!"

ثرت فيها هذه المرة.. لم أعد أحتمل! اعتدلت في جلستي وأمسكت بتلابيبها وهززتها بقوة وأنا أصرخ:

"أجل أنا فين؟ قولي لي!! أنا فين؟"

رأيت نظرة رعب في عينيها الواسعتي فازداد انعكاس السماء والبحر عليهما:

"خلاص حاقول لك على كل شي!"

قالتها وهي تتلفت وكأنها تخشى أن يرانا أو يسمعنا أحد..

"هذا اللي انت شايفه عبارة عن جزء من تجربة علمية سرّية!"

"تجربة سرّية؟!"

"أنا اسمي نتاشا.. نتاشا تورغينوف.. عميلة روسية من أصول جورجية في منظمة Международной Научной Разведки العلمية! التقنيات هنا ما تخطر ببالك، إنت موجود عندنا من سنة كاملة! سوّينا لك مجموعة عمليات تجميلية مع تحوير جذعي وجيني.. أنجح عملية تحوير جيني كاملة للآن!"

هبط علي الخبر كالصاعقة، كان لابد أن أستنتج أنني فعلاً داخل تجربة علمية! لا بد أن أستنتج أن مخلوقة كهذه لا بد وأن تكون نتاج عمليات تجميلية وتطويرات جينية وتدريبات استخباراتية!!

واصلت ملاك.. أقصد نتاشا تورغينوف:

"أنا المكلّفة بملفك، طبعاً التدريبات بدأت من عدة سنوات كان لازم أدرس حالتك وتاريخك وكل ما يتعلق بك، لدرجة إني اتعلمت لغتك ولهجتك وكل تفاصيل حياتك! لازم نراقبك وانت عايش في بيئة مثالية عشان نقدر ندرس كل التطورات الجسمانية والذهنية اللي طرأت عليك بعد العملية. مستحيل يسمحوا لك تخرج وتخرب التجربة.."

"مو معقول، مستحيل أصدق! ليش أنا بالذات؟!"

"ومين قال إن البرنامج لك إنت بالذات، إنت حاله من مئة وأربعين حالة تم اختيارها من مختلف بلدان الأرض، كل حالة نستضيفها هنا فترة معينة طبعاً بعد ما نعدّل بعض الأشياء في هذا العالم الاصطناعي وندرب السكّان هنا، أو بالأصح العملاء على التعامل مع كل حالة على حدة!"

"يعني أنا فار تجارب؟ حياتي تغيّرت للأبد؟!!"

"لا.. هذي كمان مخاطرة بالنسبة لهم، بعد انتهاء التجربة رح يعملوا لك عملية تحوير جيني عكسية، ويرجّعوك ويقنعوك ويقنعوا الناس إنك تعرضت لحادث وفقدت ذاكرتك لفترة إلين ما لقيوك قوات الأمن في قرية وتعرّفوا عليك ورجّعوك لأهلك.. طبعاً الحادث رح يكون مبرر للتغييرات اللي بتبقى بعد العمليات، بس اطمئن رح تنسى كل شي شفته هنا، واللي حتتذكره رح يكون زي الحلم.."

"وبعدين؟"

"وتوته توته وخلصت الحدوته!"

قالتها واختفت ملامح الجديّة المصطنعة من وجهها لتحل محلها ضحكة طفولية مجلجلة خرجت من أعماقها واستلقت على الرمال وهي تواصل الضحك؛ تمنّيت أن أصفعها بشدّة على خدودها الدرّاقية.. تمنيّت أن ألكمها وأحطّم بعض أسنانها اللؤلؤية! ولكنني لم أتهور.. فقط وقفت بصعوبة على ساق واحدة، وثنيت ساقي الأخرى التي لا تزال تنزف، وتركت ملاك؛ وقفَت فوراً لتلحق بي وأخذت ذراعي حول كتفها وأحاطت خصري بذراعها لتساعدني على المشي..

"حسام بلا بياخة.. لا تكون زعولي!"

"لو كنتي مكاني كان حسّيتي باللي أنا فيه!"

"والله إني حاسه بيك.. وقلبي يتقطع عليك! والله إني باسوي كل شي أقدر عليه عشانك!"

قاطعتها معترضاً:

"حاسّه بي؟ مستحيل!! أنا حياتي اختفت وماني قادر أرجع لها، أبغى أحقق أحلا مي، أسعد أمي وأختي وأنجح في وظيفتي، إبغى أتزوج وأفتح بيت وأخلّف عيال!"

داست عبارتي الأخيرة على قلبها بقسوة، فتجاهلت كبرياءها وهي تقول:

"يعني ما تمنّيت حتى إني أرجع معاك؟ وأصير جزء من حياتك؟!"

استمرّت قسوتي الجارحة وأنا أقول:

83

"تعيشي معي؟ قصدك أتزوجك؟ مستحيل! ما اختفلنا على جمالك لكني ما أعرف عنك أي شي.. ما أعرف أصلك ولا فصلك ولا عايلتك.. ولا حتى ديانتك ومذهبك!"

كانت عباراتي أشد إيلاماً وامتهاناً من الصفعات، تبّاً لي! كيف سألطف رعونتي؟ أتمنى أن لا تكون هديتها سقطت من جيبي؛ لحسن الحظ لا تزال هنا:

"تفضلي"

التفتت بوجهها التي أشاحته قبل قليل وافتضحت دمعتها، ولكن الدمعة تبخّرت بابتسامتها عندما رأت العلبة الزهرية الصغيرة:

"حساام"

التقطت العلبة وفتحت شريطتها الفضية المخملية المبتلة بلهفة وكادت أن تفقد الوعي عندما رأت هديّتي البسيطة، ألجمتها سعادتها، فتناولت العقد الصغير من يدها، وتقافزت على قدمي السليمة لألتف حول ظهرها فرفعت هي شعرها من الخلف لتكشف عن جيدها؛ أتمنى أن لا ينزلق القفل الزنبركي من بين أظافر سبابتي وإبهامي مئة مرة كما يفعل كلما حاولت أن أساعد مرام في ارتداء طقمها الوحيد؛ سحقاً كل هذا التطوّر هنا ولم يخترعوا قفلاً سهل التركيب.. آه نجحت أخيراً!

"أتمنى يعجبك!"

التفتت إلي ملاك وهي ممسكة بجناحي الألماسة بين أناملها بمحاذاة نحرها وسعادتها تفيض عليها فتزيدها بريقاً زهرياً خجِلاً من جمالها. فاجأتني ملاك بمعانقتي وطبع قبلة صاهرة على خدي؛ صدمةٌ لم يحتملها قلبي ولا ساقي الوحيدة التي تركزني، فاختل توازني ووقعت.. وقعنا سوياً قبل أن تنهي قبلتها.. رفعت رأسها ونظرت إلى عيني مباشرة:

"هذي أحلا لحظة في حياتي، ربي ما يحرمني منك يا حسام!!"

تلك الوضعية أمام الملأ أيقظت بداخلي الحس المتحفّظ فأزحتها بلطف، فوقفَت وساعدتني على النهوض واحتضنتني بحب لتركزني أثناء المشي، فقلت بلامبالاة مصطنعة:

"يعني، حاجة بسيطة كذا، تقدري تعتبريه عربون امتنان على عزومتك اللطيفة، على فكرة هذي ألماس أصلي! مو فالصو، ولونها نادر جداً"

أود أن أسألكم سؤالاً، وأرجوكم أرجوكم أجيبوني بصراحة: هل رأيتم أو سمعتم في حياتكم عن شخص أكثر صفاقة وبجاحة وتخثراً في الدم مني؟؟!! الحمدلله أنها استحملتني:

"حسام، هذي أول هدية تجيني في حياتي!، ما يهمني تكون من ألماس أو حتى من قزاز.. المهم إنها منك إنت يا حسام"

هل أصدّقها؟ يستحيل أن أصدّق أنني أملك أي شئ يجعل إنسانة عادية تحبّني ناهيكم عن هذا الملاك!.. قطعت حبل أفكاري عندما قالت:

"لكن هذا ما يمنع إني زعلانه منك!! وعلى فكرة.. أنا ما عملت ولا عملية تجميل.. كلّه خلقة ربنا! أتمنى ما يكون في شكلي شي مو عاجبك!!"

سحقاً.. يجب أن أنتبه حتى أثناء حديثي مع نفسي، فهذه المجنونة تستمع إلى خواطري، أظنها تعرف ما أفكر فيه الآن.. سحقاً سحقاً!!

"حسام أرجوك لا تشغل نفسك بشي دحين، أحسن شي إنك تساير الأمور وكل شي رح ينحل بإذن الله!"

86

"على قولك، متأكد إني رح أتذكر كل حاجة، وأعرف أنا فين وكيف أرجع لأهلي!"

"وأنا رح أساعدك! صدقني.."

"وأعرّفك عليهم"

أخجلها تلميحي جداً، كنا قد وصلنا للفيراري، فأزاحت بعض الأكياس لتجلسني بجوارها وتقود هي السيارة؛ كانت معظم آلامي قد تلاشت والتأملت جروحي عندما وصلنا لمدخل البرج:

"حسام.. لو احتجت أي شي قول لي.."

"أحتاج قلم.. قلم ودفتر عشان أكتب كل حاجة تحصل هنا!"

"يعني اشتريت نص المول وما عرفت تشتري قلم؟! ولا يهمك رح أجيب لك جهاز يغنيك عن كل شي.."

"فكرة القلم خطرت ببالي الآن، أبغى قلم.. قلم عادي ودفتر؛ ما حاقدر أثق في أي جهاز هنا.."

"ماشي زي ما تبغى، أي أوامر أخرى يا حسام باشا؟"

"لا تزعلي مني.. الله يخلّيكي يا ملاك لا تزعلي مني"

تهللت ابتسامتها لعبارتي فلم تجبني.. وإنما اكتفت بتناول يدي ولم ترفع عينيها وهي تقول:

"أنا لو علي أفديك بروحي يا حسام.."

تأملتها.. يستحيل أن يكون فيضان مشاعرها مجرد تمثيلية، يستحيل أن يكون كل هذا مجرد وهم! أعترف أنني أثق فيكِ يا ملاك.. أعدك أن أطبّق ما طلبتِه مني وأن أساير كل شئ إلى أن أعرف أين أنا.. وأعود لأهلي.. أو أيأس.. وأعيش بقية عمري معك.. هنا!

هُناك

(4)

عالَم H

إبراهيم عباس

90

لأول مرة أشعر بالإنـهاك هـنا، وصلت غـرفتي، أو جناحي، أو ڤيلتي.. لا أعرف ماذا أسميها، المهم وصلت ومررت يدي على البقعة التي ظهر فيها الحمام الخرافي فغاص جزء من الحائط وانزلق وتوهجت الإضاءة بالتدريج؛ في وسطه شئ يشبه حوض الجاكوزي ولكنه بحجم مسبح مصغّر، دائري الشكل، أرضيته ليست صلبة وإنما لينة كأنها وسادة جلدية، جلست في طرفه، وأرحت ظهري على حافته اللّينة، لاحظت الفتحة الصغيرة التي يفترض أن تبرز منها الشاشة، أعتقد أنني بدأت أتأقلم على التكنلوجيا في هذا المكان، مررت يدي فبرز العمودان وأضاءت بينهما الشاشة ثلاثية الأبعاد، كانت هناك صور مجسمة للخيارات: تروپيكال پارادايس، آنشينت سپا، مانهاتن ميدنايت. أغراني التروپيكال پارادايس، منظر متحرك لشاطئ جزيرة استوائية.. مياه فيروزية ونخيل وأزهار وأمطار.. لم أر مثلها سوى في خلفيات سطح المكتب، فاخترتها. وفجأة تحوّلت جدران الحمام وسقفه إلى فراغ ثلاثي الأبعاد يجسد أجواء تلك الجزيرة ويصدر أصوات الأمواج والعصافير.. وانهمرت الأمطار فعلاً!

كان الدّش فوق رأسي يغطي مساحة الجاكوزي العملاق بالكامل، فانهمرت المياه فوقي.. تقوم بعمل مساج احترافي لكل ملليميتر مربع في بشرتي، وتساقطت من السقف بتلات أزهار عطرية، وبدأت أرضية الجاكوزي الجلدية وحافتها بالتحرك تحتي وحولي كأنامل أروع خبراء التدليك. أعترف: أستطيع أن أمضي بقية عمري في حمام كهذا!

مرّت ساعات، نسيت أنني أمضيتها في الحمام بعد أن اقتنعت أنني انتقلت لأفخم منتجعات المالديفز. كان ذلك الدش كفيلاً بضخ النشاط والانتعاش في أوصالي، لقد نسيت آلام صدري وساقي، في الواقع اختفت الجروح والكدمات تماماً؛ قمت بنشاط بعد أن توقف هطول الأمطار وتلا شت الصور، تناولت أحد الأرواب القطنية المخملية المزينة بالحرف H ووقفت أمام المرآة التي تغطي جدار الجهة المقابلة، تأمّلت وجهي لأول مرة منذ أن وجدت نفسي هنا، هذا أنا.. ولست أنا، لا يمت بصلة لشكلي القديم، وجهي كامل الا ستدارة شديد السمرة أصبح قمحياً نحيلاً تزينه حواف عظمات خدي وفكي، شعري الذي لا أتجرأ أن يتجاوز طوله النصف سنتيميتر لأستر تجاعيده أصبح متموجاً يكاد يلا مس أكتافي، اختفت نظارتي وسكسوكتي، ولكني لا زلت أرى نفسي خلف هذا الوجه الجديد!

شعور لا أستطيع تفسيره، ولكنني أعلم يقيناً أن روحي تحتل هذا الجسد! كنت واقفاً أمام شئ أشبه بالمغسلة، بحثت عن الشاشة لأعبث بها كعادتي وبرزت بالفعل، ولفتت انتباهي قارورة عطر ثلاثية الأبعاد تدور في الفراغ وسط الشاشة، اخترتها فتراصّت أمامي مجموعة من العطور، جميع العطور التي أعشقها، اخترت إيف سان لوران المفضلة لدي، فاندفع بخار العطر من مضخات صغيرة منتشرة في كل مكان، تبعتني سحابة الإيف سان لوران عندما خرجت من الحمام متجهاً نحو الكرسي الوثير، لقد تذكرت.. كنت أطلق على كنبتي المتواضعة التي اشتريتها من إيكيا في لحظة بذخ اسم: "إيوان الحسام" وكان ممنوع منعاً باتاً أن يجلس عليها أحدٌ غيري، سأطلق هذا المقعد لقب "الإيوان" إذاً! تيمّناً بكنبتي العزيزة ووفاءً لها! جلست -أو بالأحرى استلقيت- على الإيوان بعد أن أخذت تشكيلة من الشوكولاتات والمكسّرات من الكوفي شوپ المصغّر في غرفتي، كانوا يسمونني مونستر الشوكولاتة من شدة إدماني! تذكّرت إحدى هواياتي المفضلة: عمليّة "العدوان الثلاثي".. كنت أتناول سنكرز وتويكس وكيتكات دفعة واحدة وأفاجئ معدتي بهجوم الشوكولاته الشامل، اليوم جهزت نفسي للعدوان العُشاري.. لأبدأ العمل الجاد!

تناولت القلم والدفتر، وبدأت بتدوين كل شئ، قسّمت الدفتر إلى ثلاثة أقسام: كل ما يحصل لي هنا بالتفصيل، كل ما أتذكره من حياتي السابقة، وكل الملاحظات والحقائق العلمية التي أتوصل إليها، وبدأت بتدوين كل شئ. أمضيت عدة ساعات وأنا أكتب وأبحث في الإنترنت عن الإجابات والإشارات التي قد تساعدني، وتوصلت للسر الأكبر والمفتاح لحل اللغز الذي وجدت نفسي فيه: العقل الباطن!

العقل الباطن هو القوة الهائلة التي تسيطر على عقولنا، وأجسادنا، بالرغم من أنه ليس له وجود ملموس في الدماغ. لا يوجد عضو في جسم الإنسان اسمه "العقل الباطن"! العقل الباطن هو الأرشيف الذي يسجل كل الذكريات والأحداث التي يمرّ بها الإنسان بحذافيرها وتفاصيلها. العقل الباطن هو المسمّى الذي يفضّل العلماء إطلاقه على الروح! كان دماغي يعمل بكفاءة ألف كمبيوتر وأنا أتنقل بين المواقع بسرعة ويحلل كل كلمة أقرؤها ليكوّن صورة منطقية علميّة لعلاقة العقل الباطن بالعقل الواعي والعالم المحسوس. العقل الواعي ليس سوى وسيط بين العقل الباطن والعالم من حولنا، منطقة الذاكرة في الدماغ ليست إلا مستودع مؤقت للذكريات الحديثة ومركز للتواصل مع مخزون المعلومات اللامتناهي في عقولنا الباطنة.

94

خلايا الدماغ مهما بلغ عددها لن تستطيع استيعاب ذلك الكم الهائل من المعلومات المخزنة في داخل كلٍ منا. ولا تلبث تلك الخلايا أن تموت أثناء حياتنا أو تتحلل بعد وفاتنا، وتبقى أرواحنا، عقولنا الباطنة، تحمل ذكرياتنا، تحمل ذواتنا، لنشعر بالبعث والحياة من جديد عندما يأذن الله لها بأن تحتل جسداً جديداً بدماغ جديد فنستيقظ.. ونستعيد ذكرياتنا. فعلاً، لو مُحيت جميع ذكريات شخص ما وخزنت محلها ذكريات شخص آخر فستكون النتيجة الظاهرية وفاة الأول واستيقاظ الثاني في جسد جديد، فنحن لسنا سوى أرشيف من التجارب والذكريات تحمله أرواحنا.

وعلى هذا الأساس فأنا أحتل جسداً جديداً في عالم جديد، جسد أكثر كفاءة في عالم أكثر مثالية؛ والأهم من كل ذلك أن هناك أمل في عودتي لجسدي وعالمي الأصلي، ولكنني لن أعود قبل أن أستغل كل لحظة هنا! سأستغل قدرات هذا الجسد والعقل الخارق الذي أتحكم فيه الآن لترس عقلي الباطن بجميع المعلومات والمهارات التي قد أستفيد منها عندما أعود.

تعمّقت في أبحاثي، القلم في يدي، والإ نترنت أمامي، وطبق الشوكولاته بجواري وقد امتلأ بمغلفات الشوكولاتة الفارغة، تناولت لوح كيتكات بأربعة أصابع، أزحت الغلاف الورقي لينكشف القصدير الرقيق البراق، كم اشتقت إليه، نزعته بعناية كي لا تلتصق به الشوكولاتة، فدرجة حرارتها وصلت المرحلة الحرجة التي تكون فيها بين الحالة الصلبة والحالة السائلة، ونجحت! لم تلتصق الشوكولاتة سوى بأصابعي وبقلمي.. زلطت أصابع الكيتكات البريئة دفعة واحدة وأنا أتأمل ما كتبت، أعتقد أن ما كتبته يكفي لتأليف رواية واقعية فانتازية وكتاب علمي ثوري!

لا أزال عاجزاً عن تصديق كل هذا، ياترى هل سيحتفظ عقلي الباطن بكل هذا الكم من المعلومات والمهارات؟ راودتني فكرة مجنونة: أن أحترف جميع المهارات التي فشلت في تعلمها! أستطيع أن أتعلم أي شئ هنا بسهولة!! لطالما حلمت أن أتعلم الرسم والعزف على القيثار والفنون القتالية ومجموعة لا بأس بها من الهوايات الطموحة التي لم أخرج منها سوى بإنجاز وحيد: احتراف البلايستيشن.. والبلايستيشن فقط.. لعبة فيفا بالتحديد!

ولكن قبل أن أتمادى في أحلامي يجب أن أجري اختباراً هاماً! علي أن أتأكد أن هذا العالم واقعي، وأن المظاهر التكنولوجية فيه حقيقية وليست مجرد حبكة لخدعة وهمية، ولكن كيف أتأكد؟ كيف تعمل جميع هذه الآلات؟ كيف تشعر برغباتي وتنفذها؟ هل هناك من يراقبني الآن؟ أفزعتني الفكرة، فوقفت مترنحاً وسط غرفتي وروبي.. بقع الشوكولاتة تغطي فمي وأصابعي أنظر للسقف وألوح بقلمي الملطخ بالشكولاته وأصرخ:

"أحد سامعني؟ هاه؟ إنتو مين؟ تكلموا! أنا فين؟ أنا فيييين؟!! ملاك؟ إنتي سامعاني؟؟!!"

هذا القلم! قد يحوي جهاز تنصت فائق الدقة بين نقوشه المعقدة، سأكسره لأتأكد! حاولت أن أكسره بيدي وبأسناني بلا فائدة، اتجهت نحو ماكينة القهوة وحاولت نزع الغطاء المصقول أمام شاشتها، حاولت نزع ذلك الغطاء باستخدام رأس القلم المدبب، ونجحت في ثني جزء من طرفه، كانت هناك خيوط حريرية رفيعة تمر خلالها ومضات ضوئية، كأنها سيارات في طريق سريع، تجتمع الخيوط الرفيعة في رقاقة متمركزة أسفل الجزء الذي تبرز منه الشاشة، الرقاقة أصغر من ظفري ولكنها تعج بنقاط مضيئة متحركة وكأني أنظر إلى مدينة نيويورك مصغرة.

مررت بيدي فوقها فتوترت حركة النقاط المضيئة، إذاً هناك تقنية فعلاً، ليست مجرد خيالات. قاطعتني طرقات على الباب وصوت ملاك:

"خلّصت تحرياتك يا شرلوك هولمز؟"

فتحت الباب و..

كل مرة أراها أشعر بتلك الشهقة الدفينة من روعة جمالها، والرعشة التي تسري في جسدي ابتداء من حدقتي عيني اللتان تلقتا الصدمة الأولى وحتى أطراف أناملي؛ كلما غيّرت ملابسها وتسريحتها تتحول لمخلوقة أخرى أكثر جمالاً من سابقتها.. اختارت هذه المرة ثوباً بسيطاً يشبه ثياب فتيات الريف الأوروبي في القرن الماضي وعقدت خصلتين جانبيتين من شعرها على شكل ظفيرتين التقتا خلف رأسها:

"إنتِ سمعتيني صح؟"

هزت رأسها نفياً وهي تنظر إلي وقد اكتست عينيها براءة مصطنعة ماكرة:

"لأه!"

قالتها باللام المتلكّئة الملتصقة بالحنك لتثبت مكرها وواصلت:

"أنا سمعتك وشفتك كمان!"

وقفت وسط الغرفة بعد أن قالتها ونظرت للسقف وبدأت تسخر من صراخي وتقلدني:

"أحد سامعني؟ هاه؟ إنتو مين؟ اتكلموا؟؟ فينك يا ملاك؟ أنقذيني!!"

انفجرت ضحكتها الجنونية الساحرة، وانفجر معها غضبي:

"كنت متأكد!"

"من إيش؟"

"إنك بتتجسسي علي طول الوقت!"

"مو قلت لك أنا العميلة الروسية نتاشا تورغينوف!"

"طب ليش ما طلعتي لي أول ما ناديتك؟ بما أنك شايفاني طول الوقت؟"

"يا سلام؟ تحسبني جنية؟ اتحممت وغيرت ملابسي وجيتك!"

"طب ليش؟ ليش تراقبيني طول الوقت؟"

"أولاً لأنك توحشني جداً جداً وما أقدر أبعد عنك لحظة!"

"لا يا شيخة!"

"ثانياً وهو الأهم: لأني خايفة عليك، من جد خايفة عليك!"

"خايفة علي من إيش؟"

"خايفة أحد يحاول يضرك..!"

"أها.. أعتبر هذا لغز ثاني؟"

"إش رأيك ما نضيع الوقت في الأسئلة ونبدأ نحلّ الألغاز؟"

"استني شوية!"

100

توجهت نحو غرفة الملابس، دخلتها وأغلقت الباب خلفي كي لا تسترق النظر، أعلم أن هذه المجنونة تستطيع أن تراني وقتما تشاء.. حتى ولو! كل شئ يهون إلا كرامتي! لبست الجينز واخترت قميص پولو أزرق داكن وخرجت، تناولت دفتري ودسسته في جيبي الخلفي وأنا أشير لها:

"تفضلي قدامي.. عشان نحل الألغاز!!"

تجاهلَت صرامتي وتعلقت بذراعي وشدتني معها إلى خارج الغرفة.

عندما رأيت البرج المركزي في مجموعة الأبراج التي أسكن فيها خيل إلي أنه على بعد مسافة بسيطة، وذلك بسبب ضخامته، لقد كان يفصلنا عنه ممر مائي شاسع، خليج تتخلله القوارب واليخوت ذهاباً وإياباً، كانت ملاك كعادتها مستعدة، جهزت يختاً فارهاً انطلق بنا نحو البرج المركزي، أخذتني من يدي إلى مقدمة اليخت، ورأيت آخر ما يمكن أن أتوقعه: پيانو أبيض أنيق مستقراً على طرفه، سحبتني وأجلستني على المقعد وجلست هي على ظهر الپيانو، وقبل أن أفتح فمي تناولَت ناياً معدنياً وبدأت تعزف..

أجمل لحن سمعته أذناي!

أغمضت عينيها وهي تعزف الألحان من أعماق روحها، كانت تفتحهما لتسمح لبعض دمعاتها بالفرار ولتغمرني بسيلها الفيروزي. بدأت أتذكر ذلك اللحن.. My heart will go on

من فيلم تيتانيك.. هاهي ملاك تنعش ذاكرتي مرة أخرى، أتمنى أن أشاركها العزف، مددت أناملي بتردد، لمست أول مفتاح على البيانو فرسم دماغي لوحة لجميع النغمات التي تتدرج من أكثرها عمقا لأشدها حدة مروراً بالمفتاح الذي ضغطته، تذكرت اللحن جيداً، وبدأت بالعزف، تفجرت بداخلي نشوة الألحان فأطلقت لروحي العنان ولحقت بملاك، تراقصنا بين الناي والبيانو ولم نتوقف حتى توقف اليخت عند مرفأ البرج المركزي..

"تفتكر يا حسام لما شفت الفيلم لأول مرة؟ عمرك كان ١٦ سنة، كنت ليلتها بايت عند ولد عمك واتفرجتوا الفيلم مع بعض، فاكر لما بكيت في نهاية الفيلم؟"

"أنا؟ هه! أنا مستحيل أبكي على فيلم!!"

تجاهلت كذبتي وواصلت:

"أنا كمان بكيت معاك!"

هل أسألها كيف عرفت؟ مللت من السؤال!

"إنتِ كنت شايفاني حتى وأنا عايش بين أهلي يا ملاك؟"

أومأت إيماءة بريئة هذه المرة والدموع لا تزال معلقة على أهدابها:

"كنت شايفاك، وباتعذب كل يوم ألف مرة من شوقي لك وبُعدك عني!"

سرحت ببصرها للأفق، وأطلقت تنهيدة أذابتني:

"فاكرة كل لحظة في حياتك يا حسام، أنا فرحت بولادتك أكثر من أمك وأبوك! أقدر أسمّع لك الكلمات اللي اتعلمت تنطقها بالترتيب، ما كنت أقدر أنام لما أشوفك مريض، أعرف بالضبط عدد ضحكاتك.. وعدد دمعاتك.. خمسة وعشرين سنة وأنا أنتظرك لحظة بلحظة! كل لحظة تمر أبطأ من اللي قبلها.."

قررت أن أبتر أسئلتي، لأن إجاباتها لا تزيدني سوى حيرة وارتباكا، قفزت من اليخت وساعدتها على النزول، وأحطت كتفها بذراعي وكأني المسؤول عن حمايتها ونحن نمشي وسط زحام المارة نحو ذلك المبنى الذي يزداد ضخامة كلما اقتربنا منه، وتوقفنا أمامه ورفعت رأسي وبالكاد رأيت المدينة المعلقة على قمته الشاهقة، شعرت بألم طفيف في مفاصل رقبتي..

"يااااه! أنا بس نفسي أعرف من صاحب كل دا؟!"

"إنت ما انتبهت للشعار؟"

أشارت للشعار الذي يزين المبنى، فعلاً هذا الشعار في كل مكان، كيف لم ألاحظ؟ شعار يحمل الحرف H وسط قرص من النقوش التي تتماشى مع روح المكان وتصميماته.

"اتوقع شعار فندق.. الهيلتون يمكن؟!"

أطلقت ضحكتها المدوية وهي تقول:

"لا يا فالح، مش الهيلتون!"

"طب إش معناه؟!.."

"هذا أول حرف في اسم حبيبي.. حسام!"

هُناك

(5)

الخمسة

إبراهيم عباس

لولا قلقي على أهلي لتمنّيت أن أبقى هنا، لولاهم لما
ترددت لحظة واحدة في أن أبقى بجوار ملاك أستمتع بكل هذا
النعيم، أنا على أتم الا ستعداد للتخلي عن حياتي السابقة
ومعارفي وأصحابي ووظيفتي ومدينتي.. ولكن أهلي.. آه.. كم
تمنّيت أن أحضرهم لنعيش سوياً هنا وننسى جميع همومنا،
ننسى الإيجار والمصاريف والفواتير والأقساط ومراجعات
المستشفيات وبهذلة الواسطات.. ونعيش.. فقط نعيش!

أعتقد أنها إحدى مزحات ملاك الثقيلة! يستحيل أن يرمز حرف
H الذي يزين كل شئ هنا لاسمي أنا!.. اعتقادي هذا استمر مدة
لم تتجاوز الدقيقتين، فعندما اجتزنا مدخل ذلك البرج، أو
بالأصح المدينة المكتظة داخل المبنى، رأيت تمثالاً عملاقاً
يتوسط الساحة المركزية الشاسعة، ارتفاعه يتجاوز عشرات
الأمتار، كان تمثالاً لشاب يمد يده اليمنى للسماء كأنه يلتقط
النجوم، يقف بين زوبعة من الرموز والحروف بمختلف اللغات،
تبدأ من قاعدة التمثال وتلتف حوله بشكل حلزوني ويتضاءل
عددها إلى أن تصل للحرف H الذي تكاد تلتقطه يد التمثال
الممدودة.

107

كان التمثال من الكروم المصقول يعكس كل ما حوله وكأنه قالب من الزئبق المتماسك، والحروف مصنوعة من معادن وزجاج بألوان مختلفة، تطفو وتحوم ببطء وكأن الجاذبية معدومة في محيط التمثال، كانت تتلا مس فتصدر أنغاماً رائعة؛ ضحكت ملاك عندما لاحظت فكي السفلي يتدلى من الدهشة وقالت:

"هاه.. عجبك؟"

"مين دا؟"

"دوبي أقول لك مملكة حسام وتسألني مين دا؟ حيطلع مين يعني؟ أمي مثلاً؟ ركّز مضبوط!!"

دققت في ملامح التمثال، فعلاً هذا وجهي أنا! أو بالأحرى الوجه الذي اكتشفته وتأمّلته في المرآة قبل أن آتي إلى هنا! لا لا غير معقول!

"ما قلت لي إش رأيك في ذوقي؟"

نظرت إليها ببلاهة محاولاً استيعاب الصدمات المتتالية..

"حسام إشبك بلّمت؟ عجبك تصميمي وللا لا؟"

"إنتِ اللي صممتي دا؟"

"أنا اللي صممت هذي المدينة كلها!"

سحبتني من يدي وأنا في غيبوبة يقظة وانطلقنا في تلك الساحة الدائرية التي يتوسطها التمثال، قطرها لا يقل عن ثلاثماءة متر، توزعت في محيطها العشرات من الغرف الزجاجية التي تشبه المصاعد ولكنها أكبر بكثير وتنطلق للأعلى بسرعة في مسارات تتحني مع انحناءات المبنى، توجهنا إلى إحداها، كان الجميع يرحبون بي بحفاوة وكأنهم يعرفونني جيداً، في الواقع تجاوزت حفاوتهم أسقف التقدير والاحترام، كانوا كأنهم يعملون في خدمتي. دخلنا المصعد، تتوسطه أريكة جلدية دائرية بيضاء، أُغلق الباب وقالت ملاك:

"خمسة أربعة إثنين"

جلسَت على الأريكة وسحبتني لأقعد بجوارها بينما انطلق بنا ذلك المكوك للأعلى، في ثوانٍ بسيطة رأيت رأس التمثال.. رأسي العملاق.. يمر أمامنا ونحن نتجاوزه..

"حاسس نفسي زي الأطرش في الزفّة!"

ضحكت وهي تقول:

"تعجبني أمثالكم.. الموضوع أبسط مما تتخيل، بس عندنا اجتماع تمهيدي مع العقول المدبرة للتجربة اللي رح تكون إنت بطلها!"

قفزت من مكاني صارخاً:

"يعني حكاية التجربة السرية طلعت حقيقية!! إنتِ بتشتغلي لحساب مين بالضبط؟ هاه؟!"

ضحكت واستلقت على ظهرها:

"يخرب عقلك يا حسام، إنت من جد تحفة! عُقد عالمك هذي تتساها هنا! أنا قعدت سنين أخطط لهذي التجربة وأجهزها!"

"عشان إيش؟"

"عشانك إنت!"

"بتوضحي لي الحكاية؟ وللا بتسيبيني على عماي زي عادتك؟"

"الحكاية ببساطة إني بأعرّفك اليوم على مجموعة من النوابغ، رح تقضي فترة مع كل واحد فيهم عشان ينعش ذاكرتك ويشحن عقلك الباطن بخبرات ومعلومات بتفيدك سواءً عشت معاي هنا أو.."

أشاحت بوجهها وهي تقول:

"أو رجعت لأهلك.."

"أنا فعلاً كنت أفكر كيف باستفيد من وجودي هنا وأتعلم كل شي أقدر أتعلمه"

"أأساساً حتى لو إنت ما فكرت بهذي الطريقة أنا لازم أسوي كل شي أقدر عليه عشانك"

قالتها عندما توقف المصعد وفتح الباب فاكتشفت بصعوبة أن هناك ممراً زجاجياً شفافاً يصل لباب معدني، تقدمت ملاك بثقة على الممر الخفي، فتبعتها وألقيت نظرة خاطفة على مشهد الساحة المرعب تحت أقدامي. التمثال العملاق تحول لقزم بالكاد يُرى من هذه المسافة والبشر حوله مجرد نقاط متحركة، نحن الآن على ارتفاع خمسماءة واثنين وأربعين طابقاً عن سطح الأرض!

111

اشتعل حماسي لمقابلة زعماء المنظمة، يا ترى من يكونون؟ انتهى المـمر بـبـوابة معدنـية ضخمة، انزلـقت للأعـلى فـرأيت الـسـماء! غرفة أخرى كريستالية معلقة، يجلس فيها خمسة رجال لا يمت أي منهم للآخر بأي صلة؛ كل منهم بشكل وعمر وجنس وهندام مختلف عن الآخر تماماً.

كانوا يضعون سماعات صغيرة في آذانهم تصدر وميضاً خافتاً متقطعاً، ناولتني ملاك واحدة تشبهها فوضعتها في أذني؛ كانوا يجلسون على كراسي مرصوصة على شكل نصف دائرة أمام كرسيين آخرين مخصصين لنا أنا وملاك.

هبّ الجميع فورما فُتح الباب وتقدم كل منهم ليسلم علي ببشاشة أخجلتني بالذات مع هيبتهم ووقارهم، جلس كل منهم في مكانه وافتتحت ملاك الاجتماع بعبارات ترحيب كررتها بخمس لغات مختلفة: إنجليـزية وألمانية وإيطالية وصينية ويابانية، ثم عقبت بالعربية:

"أشكر لـكم حـضوركم أيـها الـسـادة، سـأواصـل حديثي باللغة العربية وسيعمل المترجم الفوري على ترجمة كل ما يقال هنا باللغة المناسبة لكل منكم؛ أقدم لكم حسام، طبعاً غني عن التعريف.."

نطق أحدهم، إفريقي عجوز، باللغة الإنجليزية ولكن كل ما قاله صدح باللغة العربية عبر السماعة الصغيرة المثبتة في أذني:

"لا تسعنا السعادة والفخر بمقابلتك سيد حسام، هذه بالفعل لحظة تاريخية في حياة كل منا!"

هز الباقون رؤوسهم موافقين وهمهموا بلغاتهم التي استطاع المترجم الدقيق في أذني أن يلتقطها ويحيلها إلى العربية؛ استمرت ملاك في تقديمهم بادئة بالعجوز الإفريقي الذي يرتدي بدلة أنيقة جداً:

"شكراً جزيلاً سيد لوكاس، والشكر موصول للجميع: السيد ليو، والسيد لودفيغ، والسيد غينزو، والسيد بروس.."

حاولت أن أعبر عن امتناني، فتطفلت وقلت بالفصحى:

"شكراً لكم جميعاً، وجودي بينكم اليوم شرف كبير لي..!"

واصلت ملاك حديثها:

"كل منكم اطلع على ملف حياة السيد حسام، مع الأهداف التي نرجوا تحقيقها في فترة قياسية.."

تدخل السيد غينزو، تحدث بلغة آسيوية لا توافق ملامحه الأوروبية وشنبه العريض:

"اطّلعنا على جميع التفاصيل، ولكن يا سيدتي الفترة الزمنية قصيرة جداً، يستحيل أن يتقن جميع المهارات في هذه المدة! هذا مستحيل!"

"صدقني يا سيد غينزو ستغير رأيك عندما تتعامل مع حسام مباشرة، أيها السادة أنا مقدرة تماماً للتحدي الزمني الذي نواجهه، ولكننا لا نستطيع أن نضمن تواجد السيد حسام معنا لفترة طويلة.."

ظهرت على وجهها علامات الحزن والتأثر وهي تواصل:

"لو كان لدينا متسع من الوقت لكان معنا في هذه الغرفة العشرات من العباقرة المتخصصين في شتى المجالات لتدريب حسام، ولكنني اخترتكم أنتم بالذات، أنتم الأهم بالنسبة لحسام، وأنا واثقة من أنكم لن تخيبوا ظني وظنه!"

تدخل السيد ليو الذي يبدو من هيئته وملابسه أنه سقط هنا من القرون الوسطى، وقال وهو يداعب لحيته:

"ولكن هناك شئ لا أستطيع استيعابه، حتى وإن عاد السيد حسام، فهو يمتلك جميع الوسائل التي تمكنه من تعلّم أي شئ في أي وقت!.. المعلومة التي كنا نقتطع جزءاً من أعمارنا للوصول إليها -إن حالفنا الحظ- يستطيع هو أن يحصل عليها بنقرة"

التفت إلي وواصل بلباقة وبلغته الإيطالية العتيقة:

"لا تسئ فهمي سيد حسام، فنحن وكما قال السيد لوكاس، فخورون وسعداء جداً باختيار الآنسة ملاك لنا كي نتولى مهمة تدريبك، ولكنك لا تحتاجنا مع الثورة المعلوماتية التي تعيشونها!"

تدخل السيد لودفيغ الذي بدا أقلهم حماساً وبعصبية زادتها لغته الألمانية جفافاً:

"الموهبة أهم من المعلومة بكثير أيها السادة! مع تقديري لحماس السيد حسام فحتى لو نجح في تشرب جميع المعلومات فهو يضيع وقته إن لم يكن يمتلك الموهبة الفذة التي تؤهله لتحويل تلك المعلومات إلى مهارات!"

عقّب السيد بروس الذي غطّى جزءاً من ملامحه خلف نظارة معتمة وقال بلغته الصينية:

"أتفق معك تماماً سيد لودفيغ! نحن نستطيع أن نوفّر المعلومة والخبرة للسيد حسام، ولكننا لا نستطيع أبداً أن نتحكم في سقف مواهبه، ناهيك عن قدراته الجسمانية!"

كنت الأحمق الوحيد في ذلك الاجتماع! لم أستوعب شيئاً على الإطلاق بالرغم من قدراتي العقلية الفائقة، ولكنني مع ذلك تدخلت لأضع حداً للجدل:

"أقدّر تخوّفكم، ولكن كل ما ذكرتموه يزيد من إصراري على خوض هذه التجربة! سأفعل ما بوسعي.. هذا كل ما أستطيع قوله"

بدت علا مات الموافقة والرضى على الحضور، وابتسمت لي ملاك قبل أن تختتم الاجتماع:

"تمت جدولة البرنامج، سأهتم أنا بتوصيل حسام إلى كل منكم في الموعد المحدد، أشكركم مرة أخرى على الحضور.."

ودّعوني بحفاوة كما استقبلوني.. وخرجت ببلاهة كما دخلت:

"ممكن لو سمحتِ تفهّميني مين دول؟"

"معقول ما قدرت تفتكر أي واحد فيهم؟"

"ليه دول كانوا من قرايبي؟"

"ولا عمرك قابلتهم، لكنك تعرفهم كويس، دول يا حسام اللي رح يعلّموك كل شي كان نفسك تتعلمه وتعمله في حياتك! وحيفكروك بكل شي كنت تحبه!"

كان المصعد بانتظارنا، دخلنا فهتفت ملاك:

"واحد صفر صفر صفر.."

"يا إلهي! ألف دور؟؟"

"هذا الرووف.. دور المدينة المعلقة!"

"طب بتطلعيني سابع سما ليه؟"

"فيه واحد نفسه يقابلك!"

"تاني؟"

"معليش ضروري يشوفك؛ لا تخاف ما حنتأخر عشان ورانا شغل كثير!"

"شغل زي إيه؟"

"زي إنك لازم تتعلم اللغة الألمانية قبل ما تروح للسيد لودفيغ بكره.."

"طب ما نمشيها بالاختراع اللي يترجم الكلام؟!"

"الترجمة ما تنفع، لازم تتقن اللغة عشان تتعلم بكل التفاصيل والأحاسيس"

"يا آنسة يا محترمة أنا عشت عِقد ونصف من الزمن أتعلم اللغة الإنچليزية والنتيجة كانت درجات مهلهلة وأساتذة محبطين! تبغيني أتعلم ألماني في جلسة؟!"

"نسيت لما اتكلمت مع الجرسون بالإنجليزي؟ It was perfect!"

"طب إذا فجأة صرت أعرف أتكلم Perfect English ليش ما صرت أتكلم بقية اللغات؟"

"لأنها ما اتسجلت في روحك!"

"تقصدي عقلي الباطن؟"

"كفاية رغي، وصلنا!"

اخترقت كبسولة المصعد فجوة في قاعدة تلك المدينة، وبرزت على سطحها، إنها فعلاً مدينة متكاملة: ناس وبيوت ومقاهي وشاطئ، فُتح باب المصعد فتقدم إلي رجل من الواضح أنه كان ينتظرنا بلهفة، أمسكني من كتفي يتأملني، اغرورقت عيناه بالدموع، واحتضنني وهو يبكي:

"حسام.. ماني مصدق إني لقيتك!"

سمعت ملاك من خلفي تقول:

"هذا الأستاذ خالد يا حسام، من زمان نفسه يقابلك"

لم أستوعب الموقف أبداً، أشعر أنني في زفّة لا متناهية، وأنا الأطرش الوحيد فيها! الأطرش والأعرج والأحول!.. لا أفقه شيئاً مما يجري..!

119

أخذنا الأستاذ خالد إلى طاولة مطلّة على منظر رائع، نحن في وسط السماء، والبحر قرر أن يصعد معنا؛ كانت تجلس على أحد المقاعد سيدة لاحظت توتر ملاك وارتباكها عندما رأتها، وقفت السيدة فوراً عندما رأتني، لم تنطق بكلمة، بل نظرت إلي نظرة حملت كل حنان الدنيا وحزنها، انهمرت دموعها واحتضنتني وانهارت في نحيبها إلى أن أخذها الأستاذ خالد من كتفها وأجلسها، وجلسنا جميعاً.

لأول مرة أرى ملاك بكل هذا التوتر والارتباك.. حاول السيد خالد أن يلطف الأجواء:

"عاجز عن شكرك يا ملاك، بصراحة ما كنت أحلم إني أقابل حسام بهذي السرعة"

ردت عليه بمرح مصطنع:

"أهه صار بيننا يا أستاذ خالد، وتقدر تشوفه وقت ما تحب!"

نظر بطرف عينه إلى السيدة التي بجواره وهو يقول لملاك:

"ولكن يا ملاك زي ما انتِ شايفة الأوضاع تغيرت..!"

"تغيرت؟! إش تقصد؟!"

"حسام ضروري يرجع لأهله، مالهم غيره، وللا إيه يا حسام؟"

قالها الأستاذ خالد وقدم لي كأساً يحوي شراباً كريمياً تفوح منه رائحة الأناناس وجوز الهند تزينه شريحة أناناس وكرزة ومظلة صغيرة..

"فاكر البيناكولادا اللي تحبها؟"

صُعقت ملاك عندما تناولت الكوب وقربته من فمي، وعاودت تلك السيدة البكاء ودفنت وجهها في كفها، هجمت علي ملاك وانتزعت من يدي الكأس وألقته بعيداً فتهشم على الأرض الكريستالية محدثاً ضجة عنيفة أجبرت الجميع على الالتفات إلينا؛ فصرختُ فيها:

"ملاك؟ إنتِ اتجننتي؟"

شاركني الأستاذ خالد استنكاري:

"ملاك! مو من حقك تتخذي قرارات بنفسك!"

"يعني من حقك إنت تتدخل وتتخذ القرارات؟"

"إنتِ عارفة إيش يعني لنا حسام!"

"حسام الآن يعني لي أكثر مما يعني لكم!"

يا ترى من هذا الشخص؟ وماذا يقصد؟ وبأي حق يتفاوض الإثنان في القرارات التي تخصني أنا؟ لا بد وأنه يعرف الكثير عني.. لن أتركه حتى أعرف مه كل شئ! سواء كنت في حلم أو غيبوبة أو عالم افتراضي لا بد أن أتدخل الآن لأضع حداً لكل هذا!!

"أستاذ خالد، أرجوك قول لي إش تعرف عني؟ أنا أعرفك؟ قابلتك قبل كذا؟!"

ارتبك الأستاذ خالد جداً وأشاح بوجهه متهرباً من سؤالي.. فقالت له ملاك بنبرة متحدّية:

"تفضل جاوب يا أستاذ خالد! أو تحب أجاوبه أنا؟.. واضح إنه حسام مصرّ يعرف كل التفاصيل الآن!"

أخيراً نطقت السيدة الجالسة بجوار الأستاذ خالد.. أو بالأحرى صرخت مترجيّة ملاك:

"لا!!! لا أرجوكِ يا بنتي لا تقولي له.. أرجوكِ !!"

وقفَت ملاك بحزم وبرود، وسحبتني من يدي:

"أستاذ خالد، المقابلة انتهت، طلبت إنك تشوف حسام ونفذت طلبك"

لم تنتظر حتى سماع رد الأستاذ خالد، الذي لم يفعل شيئاً سوى احتضان السيدة المنهارة بجواره..

نزلنا في المصعد كدت أن أحول حيرتي المتفاقمة وغضبي إلى ثورة في وجه ملاك.. ولكنها أخرستني قبل أن أنطق..

قالت بهدوء دون أن ترفع عينيها إلي:

"حسام.. البيناكولادا كان مسموم!"

إبراهيم عباس

(6)

دماغي يسابقني

إبراهيم عباس

هناك شئ عجيب لم أنتبه له منذ أن وجدت نفسي هنا، لا توجد معالم للوقت! متأكد أنني أمضيت الساعات، وربما الأيام وأنا محبوس هنا، ولكنني لم ألاحظ أي شئ يدل على تزحزح الوقت من محله، نظرت إلى الياخت ماستر في معصمي، إنها لا تتحرك! لا أثر للشمس في السماء، ولكنها مضيئة بضوء ناعم يشبه الضوء الذي يتخلل الغيوم. لم أرَ ليلاً حالكاً هنا، أحياناً تخفت إضاءة السماء وتكسوها هالة قرمزية ولكن سرعان ما تعود وتتوهج! بدأت أتيقن أن كل هذا ليس إلا مدينة اصطناعية، فمع وجود جميع هذه التقنية لا أستبعد أن تكون السماء عبارة عن قبة كريستالية عملاقة يتم التحكم بها وبإضاءتها بواسطة جهة خارجية! الجهة التي أتت منها ملاك على الأرجح، أو الجهة التي أتى منها خالد؟ قد تكون نفس الجهة في النهاية! ملاك وخالد يعرفان الكثير عني، وخالد مهتم بعودتي لعالمي، لا بد أن أصل إليك يا خالد، لا بد!

أعرف أنكم قد تسخرون من أفكاري الآن قد تتهمونني بالهلوسة والخبال، والسبب بسيط: أنتم لم تخوضوا هذه التجربة كي تحكموا! أنا محظوظ جداً، فبالرغم من كل هذا لا أزال أحتفظ بقواي العقلية.. على ما أعتقد!

127

كانت الأفكار تعصف بمخي ونحن على اليخت، لم تعزف لي ملاك على الناي ولم أعزف لها على البيانو، فتوتر الوضع لم يسمح سوى بمعزوفة الصمت. وصلتُ لبرجي، ملاك المنفعلة لم تودعني بمرح كعادتها، انطلق اليخت بها لحظة نزولي منه، طاردتها بنظراتي أبحث عن ابتسامة، ولكنها نجحت في الفرار بوجهها ومشاعرها وهي تبتعد.

صعدتُ إلى غرفتي فتحت الباب وتفاجأت بأن كل شئ قد عاد إلى محلّه بالضبط وتم ترتيب السرير والحمام وحتى القطعة التي أتلفتها في الكوفي شوب المصغّر عادت كما كانت وتعبأت ثلاجتها بالمزيد من الشوكولاتات اللذيذة بدلاً من التي نسفتها، والأهم من ذالك كانت تنتظرني طاولة عليها أطباق مغطاة بقباب ذهبية، رفعتها فانطلقت أبخرتها تدغدغ غددي اللعابية، پاستا فوتوتشيني بالكريمة والفطر عليها شرائح جبن البارميزان الرقيقة الطازجة ووريقات الريحان وحولها حبات الطماطم الكرزية وبجوار الأطباق وقفت قناني الخل والزيت وطحّانة فلفل أسود خشبية كبيرة أنيقة، كم كنت أتمنى أن أمتلك إحدى هذه اللعب! أذكر أن القنينة الوحيدة التي كانت تزين مائدتي هي شطة كريستال التي أدمن تناولها مع كل شئ تقريباً، وأن مجرد وجود أي قارورة بجوارها كان ضرباً من الرفاهية لا يتكرر كثيراً.

لقد كانت الطاولة معدّة لشخصين، أعتقد أن ملاك كانت تنوي تناول العشاء معي، ولكنها غادرت مع انفعالها، بصراحة لم يستطع ذوقي وإتيكيتي مقاومة هذا الإغراء، فالتهمت طبقي، وتنازلت عن ما تبقى لي من إتيكيت فقضيت على طبق ملاك أيضاً..!

توجهت نحو الثلاجة وانتشلت قارورة كوكاكولا كلاسيكية ولكنها أكبر من القوارير المنمنمة التي أعرفها وأخذت عدداً من سبائك السنكرز العملاقة زلطت إحداها قبل أن أعتدل في جلستي على إيواني الوثير. برزت الشاشة، ولكن القائمة اختلفت هذه المرّة، فقد ظهرت أمامي أعلام أربعة بلدان ترفرف: ألمانيا، إيطاليا، الصين واليابان. لا بد وأن ملاك قد جهزّت برنامجاً خاصاً لتعليم اللغات، سأبدأ باللغة الألمانية كما اتفقنا. اخرجت الدفتر والقلم لأدون ملاحظاتي واخترت العلم المقلم بالأسود والأحمر والأصفر، فجأة تلاشت الشاشة من أمامي، ارتفعت جميع الستائر وتحول زجاج الشرفة وسقف الغرفة إلى شاشة تضخ الصور الحية ثلاثية الأبعاد من حولي، ظهرت حسناء شقراء ضخمة هولوغرامية ترحب بي:

"سيد حسام، مرحباً بك في برنامج تعلم اللغة الألمانية،
نرجو منك الاسترخاء والتأمل خلال الساعات القادمة"

كتبت القليل من الملاحظات في البداية ولكن المعلومات المتدفقة
لم تمهلني لكتابتها، كانت العبارات تطفو أمامي باللغة الألمانية
وأمامها جميع ترجماتها واستخداماتها باللغة العربية، كل عبارة
تظهر يظهر معها مشهد واقعي لأشخاص يستخدمون العبارة، كل
ذلك كان يتم بسرعة وبلا توقف، كانت المشاهد تحدث حولي
وكان إيواني يدور تلقائياً يميناً ويساراً لمتابعة أحداث المشهد،
والمدهش أن عقلي كان يلتهم كل شئ بسرعة ونهم، بعد فترة
بدأت الترجمات العربية تتناقص إلى أن تلاشت وأصبح كل شئ
يصاغ بالعبارات الألمانية، وبدأت تتجسد حولي بعض المشاهد
الهامّة في التراث الألماني، أمضيت ساعات على هذا الوضع،
الدهشة أنستني نفسي، لدرجة أنني تفاجأت عندما ظهرت نفس
الفتاة الهولوغرامية مرة أخرى أمامي وقالت:

"سيد حسام أتمنى أن تكون قد استمتعت بجولتنا"

"بالطبع.. استمتعت جداً"

تفاجأت لأنني قلتها باللغة الألمانية وبكل طلاقة. تلاشت بعد ما ودعتني:

"Schönen Tag"

"Schönen Tag!"

في تلك اللحظة باغتني وأفزعني صوت ملاك:

"حسام ممكن أدخل؟"

لم تنتظر إجابتي ولكنها اقتحمت الغرفة مباشرة و.. اسمحوا لي أن أصف هندامها على عجالة هذه المرة: تخيلوا معي إحدى أميرات الممالك الأوروبية في العصور الوسطى خرجت من لوحة البورتريه وتجسّدت في الواقع، مع فارق الجمال طبعاً، علقت القلادة التي أهديتها لها على رأسها فتدلت ألماسة القلب المجنح على جبهتها، إن كانت تلك الألماسة قد ازدادت جمالاً على جيدها مرة، فقد تضاعف جمالها بين عينيها ألف مرة!

رفعت ثوبها المنفوش بيديها كي لا تتعثر بطرفه وهي تهرول نحوي، ألقت نظرة على الأطباق الفارغة فقالت بحسرة بريئة:

"عجبتك الپاستا؟"

تمزّقتُ خجلاً وحاولت أن أبرر صفاقتي ولكنها سبقتني:

"بالعافية حبيبي.. أصلاً ماني جيعانه.."

حاولت ترقيع الموقف فانطلقت نحو الشوكولاتة وقدمت لها باونتي، تناولته مني كي لا تحرجني، تباهيت أمامها فقلت بلغة ألمانية فصيحة:

"بالهناء والعافية سيدتي"

فأجابتني هي باللغة الألمانية أيضاً قائلة:

"نسيت أن أخبرك أنك ستتعلم الإيطالية أيضاً.."

استمر حوارنا باللغة الألمانية بلهجة بريلينية قحّة:

"بسيطة، سأتعلمها غداً في ساعات قليلة..!"

"يجب أن تتعلمها الآن! في دقائق قليلة..! لقد غيرت الخطة قليلاً، ستقابل السيد ليو اليوم.."

"ولكن لماذا؟"

"اجتمعت بالسيد ليو وأطلعني على ما ينوي تعليمك إياه، من المهم جداً أن تقابله قبل الآخرين"

فاجأتني وقفزت على إيواني! حسنٌ سأسمح لها هذه المرة.. هذه المرة فقط! لملمت أطراف ثوبها الذي غمر الإيوان بأكمله ودعتني لأجلس بجوارها. غصت بين الإيوان والفستان وبدأت هي في التحكم بالبرامج، اختلست نظرة جانبية مقربة إلى وجهها الذي اكتسته الجدية الجميلة فهمست:

"على فكرة الألماسة صارت أحلى بين عيونك"

ردت علي كطفلة جذلى بدميتها الجديدة:

"من جد؟! عجبتك يا حسام؟ خلاص رح ألبسها كذا دايماً عشانك!"

"لو أدري كان جبت لك كل المجوهرات اللي في المول"

تهربت من خجلها بتبريراتها:

"أنا لبستها كذا اليوم لسببين: أولاً عشان تمشي مع ستايل الملا بس وأذواق السيدات في القرن الخامس عشر"

133

نظرت إليها بابتسامة هائمة وأنا أقول:

"وثانياً؟"

"ثانياً وهو الأهم، هنا بتبان بشكل أوضح، أبغى أتباهى قدام كل الناس بهدية حبيبي!.. فهمت؟ يللا خلينا نكمل شغلنا!"

اختارت العلم الإيطالي على الفراغ ثلاثي الأبعاد، فظهرت حسناء هولوغرامية أخرى امتزج في ملامحها الجمال العربي مع الجمال الأوروبي فاندهشت:

"واو كل بلد لها بنت مختلفة..!"

لكزتني في عظم ضلوعي بكوعها لكزة مؤلمة لا تتناسب أبداً مع رقتها وجمالها وقالت بلهجة حانقة:

"ممنوع تركّز في البنات..! مفهوم؟!"

"غيرانة من صورة هولوغرامية وهمية؟"

"أنا أغار عليك من أي شئ ينتهي بتاء مربوطة!"

134

تعمدت استفزازها وأنا أقول:

"طب ألِف مقصورة ينفع؟"

كانت ضريبة استظرافي هذه المرة لكزة أقوى من التي قبلها، سمعت صوت فرقعة كوعها في ضلعي هذه المرة وأجبرني الألم أن أحترم نفسي وأخرس وأنا أراقبها وهي تتنقل بين الخيارات بمهارة وسرعة؛ كانت تختصر الفقرات التفصيلية وتركز على الأهم، كنا ندور سوياً مع حركة الإيوان التلقائية وكأننا في مدينة ملاهي، وبكل صراحة وصدق لم أكن مركزاً في المعلومات التي أتلقاها قدر تركيزي في ملامحها التي تزداد جمالاً حتى وهي في قمة الجديّة! بعد دقائق أصبحت جهبذاً في اللغة الإيطالية أيضاً..

"خلاص كدا كفاية لازم نتحرك بسرعة عشان لا نتأخر على السيد ليو"

"طب يحتاج أغير ملابسي؟ تتوقعي ألاقي بدلة لويس الخامس عشر في غرفة الملابس عشان تتماشى مع ستايل الفستان اللي إنتِ لابساه؟"

بدأت ترطن بلهجة إيطالية سريعة:

"وما دخل لويس في إيطاليا؟ يجب أن ترتدي أجمل زي ميلاني!"

فعـلاً كانت الأزياء التاريخية تنتظـرني داخـل غـرفة الملابس، اضطررت للاستعانة بمساعدة ملاك لارتداء الحلّة المكوّنة من سبع قطع مزركشة غير القبعة ذات الريشة والحرملة! لله درك يا جينزي وقميصي!

غـادرنا المبنى أنا وملاك، وكأننا خرجنا من طيّات إحدى الكتب الأسطورية أو لقطات أحد الأفلام التاريخية. كانت تنتظرنا عربة فخمة بنقوش مذهّبة تجرها أربعة خيول، ساعدتُ الدوقة ملاك علـى صعودها وصعدت بـعدها، وانطلقنا. ابتعدنا عن المجرى المـائي وانطلقت بنا الخيول بسرعة داخل الحـقول الخضراء، كانت المناظر رائعة بحق!

خـضرة الأرض وزرقة السماء يتعانـقان لينجبا الأ فق، لا يعـكر صفوهما سوى بعض الأكواخ المتناثرة هنا وهناك، التي لا تتماشى هي ولا سكانها الذين يعيشون حياة ريفية بسيطة مع التكنولوجيا الثورية في هذا المكان!

برزت أمامنا هضبة شاهقة استقرت عليها قلعة تشبه القلاع التي رأيتها في أفلام أميرات ديزني، كانت تلك القلعة وجهتنا، عبرت عربتنا بوابة القلعة واستقرت وسط حديقتها فنزلنا، ما أجمل هذه الحديقة، تسلقت نباتاتها على جدران القلعة وأبراجها وزيّنتها بأزهارها. وقفنا أمام باب البرج فطرقت ملاك الباب وقالت بالإيطالية:

"سيد ليو هل أنت هنا؟"

لم يجبنا سوى عزف قيثارة آسرة، فدفعت ملاك الباب ببطء، ساحة كبيرة جداً، عبارة عن استوديو لجميع التخصصات، منحوتات متناثرة، لوحات زيتية بمختلف الأحجام، مجسمات ورسوم ميكانيكية وهندسية وفي منتصف ذلك كله يجلس ليو الذي لم أر وجهه بسبب اللوحة التي تغطيه بينما انهمك في رسمها، وبجواره عازفة قيثارة الهارپ تضرب بأناملها على أوتارها بمهارة ونعومة، همست لي ملاك:

"أرجع لك بعد ما تخلص!"

"تعالي هنا رايحه فين؟ حتسيبيني معاه لوحدي؟"

"لا تخاف ما حياكلك! المهم تتعلم منه كل شي!"

ذهبت ملاك، رددت الباب ببطء كي لا أفسد تركيز السيد ليو، ولكن الجدران ردّدت صدى صوت تحرك الباب الخشبي.. تباً له! اقتربت منهما، وجدت كرسياً صغيراً فجلست عليه، وطفت بعيني في أرجاء المكان، أتأمل كل التفاصيل، بدأ مخي محاولات التذكر والربط، ولكنني متأكد أنني لم أر ليو هذا من قبل! رجل وسيم لا يفضح سنّه سوى الشعرات الفضية التي غزت رأسه ولحيته الأنيقة. بقيت على هذا الوضع لفترة، حتى خيّل إلي أن الرجل لم ينتبه حتى لوجودي من شدة انهماكه في لوحته، كانت الفتاة تعزف بوتيرة تتماشى مع مزاج السيد ليو فتتسارع وتتباطأ وتنساب بنعومة ثم تشتد كلما ازداد تركيزه، تسمرت عينا الفتاة على ملامح السيد ليو أثناء مدابعتها لأوتار قيثارة الهارپ العملاقة وكأنها تعزف على أعصابه، تململتُ من جلستي، فوقفت وبدأت أتجول في المكان، اقتربت من السيد ليو بهدوء حذر والتففت حوله لأختلس النظرات إلى اللوحة التي يرسمها..

يا إلهي!! تذكرتها! هذه الموناليزا!!! ولكنها تختلف عن الموناليزا التي نعرفها، أوضح وأنصع، مفعمة بحياة وتفاصيل أكثر بكثير!! لم أتمالك نفسي فهتفت:

"دافينشي!"

توقف السيد ليو عن الرسم، وتوقفت والفتاة عن العزف، والتفت
لي ببطء وكأنني اقترفت جريمة نكراء:

"اسمي ليوناردو!"

"نعم يا سيدي عرفتك! ليوناردو دافينشي!"

"أفضل أن تناديني ليوناردو، دافينشي ليس اسم، وإنما
لقب أطلقوه علي عندما رفض أبي أن ينسبني لعائلته!
فنسبوني لقرية فينشي كما ينسبون اللقطاء.."

"المعذرة سيد ليوناردو، لم أكن أعلم، ولكن المهم أنني
تذكرتك! تذكرت لوحة الموناليزا!"

"ما زلتم تصرّون على أنها الجيوكاندا ليزا!"

همهم بها بينه وبين نفسه وهو يضيف بعض اللمسات على
عينيها .. وواصل همسه وهو في قمة التركيز:

"ومـالذي يـهم إن كانت الجيوكـاندا ليـزا غيرنـاندي أو
إيزابـيـللا دي   أراغـون أو سيــسيليا   غـاليراني أو
كوستانزا دي أفالوس.. أو حتى رسمة بورتريه لي أنا
شخصياً؟ من يأبه بحفنة من الأرستقراطيات البائسات؟
اللوحة أهم مني ومنهن! نحن نذوي.. نتلاشى ونُنسى،
وتبقى أعمالنا!"

وضع السيد ليو الريشة جانباً وتأمل لوحته للحظات قبل أن يقف فبادرت بسؤاله:

"هل انتهيت منها؟"

"انتهيت من إضافة بعض التفاصيل، فالإبداع رحلة تبدأ ولا تنتهي!"

"لكن لا بد أن تنتهي اللوحة يوماً.."

"الإبداع لا ينتهي إلا بالوفاة! أنا لم أنته من أي عمل بدأته في حياتي قط، فقط أستمر في التطوير وإضافة اللمسات، من البلاهة الاعتقاد بأن الكمال متاح.. ليس في هذه الحياة على الأقل!"

"سيد ليوناردو، أنا في قمة الغبطة والسعادة لأنني حصلت على هذا الشرف.. شرف تعلم الفن من أعظم رسام عرفته الأرض؟"

أظن أنني تفوهت بحماقة أخرى جعلت عينيه تتسعان:

"فن؟ رسم؟ هل جئت هنا لتتعلم الرسم؟ لأنك تعتبرني مجرد رسام؟ يمكنك الاطلاع على كتب ودورات تعلم الرسم وتصبح رساماً ماهراً إن كان هذا طموحك!"

فاجأني بعبارته فارتبكت وأنا أقول:

"آآآآ .. جئت لأتعلم كل شئ!"

"كل شئ؟ إن بحثت عن كل شئ لا تحصل على أي شئ!"

تبعته وهو يعبر أحد أبواب البرج متجهاً للحديقة، وواصل حديثه:

"لا بد أن تعرف تماماً ما تبحث عنه!"

قالها وأشار إلى بضع حمامات تجمعت تحت ظل إحدى الأشجار:

"هل تستطيع أن تصطاد جميع هذه الحمامات؟"

"لا! يجب أن أركز جيداً، أركز على الحمامة التي أريدها لأصطادها!"

قلتها ونشوة الطالب النجيب تتدفق في عروقي واقتربت من الحمام بحذر وأنا أسلط تركيزي على التي بدت أكثرهن كسلاً، وانقضضت بسرعة وقوة ومهارة عليها، ولكن كل ذلك لم يشفع لي، فقد طار الحمام واصطدمت بالشجرة، أكاد أسمع قهقات الحمامات الشامتة مع تصفيق جناحاتهن. أعتقد أن السيد ليوناردو قد ندم! التفتُ إليه فوجدته منهمكاً بالرسم على ورقة.. وأدار الورقة ناحيتي وقال:

"أنظر! هذا الذي أريدك أن تتعلمه!"

"الرسم؟ ألم تقل لي أنني أستطيع تعلمه من الدورات؟!"

"حسام ركز! لقد اصطدت أنا جميع الحمامات!"

نظرت إلى الرسمة التي رسمها، لقد كانت تحفة فنية بالرغم من أنه رسمها في لحظات باستخدام قلم الفحم فقط! رسم الموقف الذي حصل بكل دقة، الحمامات وهي تطير، حركة كل حمامة، كل جناح، كل ريشة، وكأنها صورة فوتوغرافية مطبوعة بالحبر الأسود.

"ما أريدك أن تتعلمه يا حسام هو الإبداع! هو الاستفادة من أكبر نعمة أنعم الله بها عليك: دماغك!"

واصل وهو يتجول في مزرعته وأنا أتبعه، أخرجت دفتري وقلمي لأدون الدرر التي يمليها علي، تقدم إلينا أحد الخيول التي كانت تسرح في المزرعة ووقف بجوار السيد ليوناردو وأطرق بإجلال كأنه يرحب بقدومنا. خيلٌ أدهم يلمع سواده وكأنه سبيكة من معدن برّاق يزداد بريقه مع منعطفات عضلاته المفصلّة، ربّت السيد ليوناردو على رقبته باحترام لا يليق إلا بصديق حميم قديم وهو يقول:

"سيد حسام، اسمح لي أن أقدم لك السيد شيرفيللو
أعز أصدقائي"

تعجبت من اسم الخيل الذي يعني "دماغ" بالإيطالية ولكنني أحببت أن أتباهي بثقافتي عن أعمال ليوناردو قليلاً:

"إذاً السيد شيرفيللو هو الخيل المحظوظ الذي نال شرف الظهور في الكثير من أعمالك!"

"تعتبرونه مجرد خيل ولم يفهم أحد أنني كنت أعبّر عن دماغي! الدماغ يا حسام كالخيل، يمكنك أن تنطلق به وتسابق الريح، ويمكنك أن تربطه ليجر المحراث! والخيار لك!"

143

حاولت أن أجاريه في فلسفته:

"وأكثر الناس يربطون خيولهم في المحاريث للأسف..!"

"أكثر الناس يذبحون خيولهم!"

"إذاً كيف أصبح مبدعاً؟"

"أطلق لخيلك العنان!"

"لينطلق بسرعة الريح؟"

"لا!"

"هاه؟"

"ليسبق الريح، ويسبق البرق، ويطير في السماء!"

"فهمت! لا بد أن أنطلق بعقلي خارج الصندوق!"

"لا! خارج الصندوق صندوق آخر أكبر! لا بد أن تتنقل بين الصناديق المختلفة عندما تحتاجها، وتتخلص منها جميعها عندما تعيقك! هذه هي الخطوة الأولى.. والأهم"

144

كنت منهمكاً بتدوين كل ما يقوله..

"وما هي الخطوة الثانية؟"

تناول دفتري من يدي وأشار إليه وهو يقول:

"هذا! الأفكار في دماغك مثل الحمامات التي طارت عندما حاولت الإمساك بها، الطريقة الوحيدة للإمساك بأفكارك هو توثيقها قبل أن تفر منك ويقبض عليها غيرك!"

ناولني دفتري فأسرعت بكتابة ما قاله ورسم حمامات صغيرة طائرة كي لا أنسى الموقف أبداً. أطلعني على رسوماته وكتاباته وأفكاره، هذا الرجل بالفعل لا يتوقف عن التفكير وتدوين أفكاره، كانت أفكاره تتجاوز عصره بعصور.. باختصار لأنه لم يكبل حركة مخه الجامح! انبهرت جداً بأعماله:

"سيد ليوناردو هذه الاختراعات التي وضعت رسوماتها رأت النور بعدك بقرون!"

"أعلم! للأسف! تأخر الناس في تنفيذها لأنهم انشغلوا باتهامي بالجنون بدلاً من تطوير أفكاري!"

"أعتقد أنك قد عانيت منهم كثيراً"

"بالعكس تماماً، لا بد أن تشعر بالنشوة والفخر عندما يتهمك الحمقى بالجنون! لأنهم لن يتوقفوا إلا إذا أصبحت أحمقاً مثلهم"

"سيد ليوناردو هل هناك خطوات أخرى هامة لنمو الإبداع؟"

"أشكرك!"

"هاه؟"

"أشكرك على احترامك للابداع واختيارك كلمة –نمو– فعلاً الإبداع كائن حي يعيش في أعماق وجدانك، يولد بالشغف وينمو بالعمل المتواصل"

باغتني وأنا أدون ملاحظاتي كطالب يستعد للامتحانات النهائية بسؤال قاتل:

"قرأت كل شئ عنك يا حسام، أنت تظن أن لديك شغف بالعديد من المجالات أليس كذلك؟!"

أومأت برأسي وأنا أتمنى أن لا يحرجني بالخوض في تفاصيل حياتي المفعمة بالكسل والفشل، ولكنه فعل:

"ومع ذلك لم تتفنن إلا في لعب البلوت والپلايستيشن! هناك فرق شاسع بين من يعشق الفن ويجمع أثمن اللوحات وبين من يحيا ليرسمها وإن مات من الجوع، شتان ما بين من يعشق الموسيقى أو الرياضة أو الأفلام ومن يؤلف المعزوفات ويحقق البطولات ويحصل على الأوسكار!"

"سيد ليوناردو، أتعني أن الإبداع بالنسبة لك هو أن أحقق البطولات وأحصد الجوائز؟"

"وهل ستتجرأ أن تعتبر نفسك مبدعاً في مجال دون أن تتفوق فيه على الجميع؟"

"إذاً يجب أن أرفع سقف طموحاتي، تذكرت المقولة الشهيرة: اجتهد للوصول إلى القمر، حتى وإن فشلت فلن تفوتك النجوم!"

"ومن قال أن الطموح يحتاج إلى سقف؟ المتقاعسون فقط يرددون هذه العبارات كتبرير مسبق لفشلهم!"

قالها وهو يتوجه نحو أحد أبراج في طرف القلعة وأنا أتبعه، شعرت وهو يصعد درجات البرج متجهاً إلى قمته أنه يود أن يطردني شرّ طردة أو أن يلقي بي من أعلى ذلك البرج بسبب مداخلاتي المتفذلكة، كل كلمة يقولها كانت تسبب ارتجاجاً لعدد لا بأس به من قناعاتي:

"الشغف وحده وهم، والعمل وحده مضيعة للوقت، الإبداع بدون أحدهما أعرج، هل تستطيع أن تصعد درجات هذا البرج بساقٍ واحدة؟"

كان يتحدث وهو يثب على درجات البرج بهمّة لا تتناسب أبداً مع الشيب في رأسه، كنت بالكاد أجاريه في سرعته، ألهث ويلهث عقلي وأنا أحاول أن أدون كل ما يقوله وأتدخل أحياناً:

"بالتأكيد يجب أن أسير بشغفي واجتهادي حتى أصل إلى القمة!"

"قلت لك لا توجد أسقف ولا قمم! يجب أن تسير بأقصى سرعة وبدون توقف قبل أن يلحق بك!"

"قبل أن يلحق بي من ينافسني؟"

"قبل أن يلحق بك الموت!"

أعلن الآن عن يأسي في أن أخمن أي إجابة صحيحة لأسئلته! واصل ونحن على مشارف قمّة البرج:

"الإبداع يا حسام سباق لا ينتهي، إذا بدأته يجب أن لا تتوقف حتى تصبح سيده! أو تسبقك الوفاة!"

"فهمت! لذا فأنت سيد الفن وسيد الإبداع وسيد الاختراع على مر العصور!"

"مر العصور؟ لم تنتهِ العصور بعد!"

"تلميحك يلقي علينا مسؤولية ضخمة!"

"عليك أنت وحدك! لا تتهرب! لو كانت عندي كاميرا لقبضت على الحمامات في ثانية! لو كان عندي جهاز تسجيل لما أضعت وقتي في الكتابة، لو كان لدي إنترنت لاختصرت سنوات من الدراسة والبحث، لو كان لدي جهاز كمبيوتر لما ضاعت مخطوطاتي ولما بهتت لوحاتي! كم أغبطكم على عصركم! وكم يغضبني تخاذلكم! ليس لديكم أدنى عذر في ظهور ألف ليوناردو يسبقون عصرهم بعصور!"

قالها في اللحظة التي وصلنا فيها إلى الغرفة العتيقة في أعلى البرج، مد السيد ليوناردو يده داعياً لي إلى المائدة الفاخرة المكتظة بما لذ وطاب:

"لا بد وأنك بدأت تشعر بالجوع سيد حسام"

"دعوة للعشاء الأخير..!"

ابتسم لتلميحي المتذاكي وقال معقباً:

"العشاء الأول والأخير!"

"وياله من تشريف!"

قلتها أثناء انقضاضتي على الأطباق، فقد كان الجوع ينهشني فعلاً، رفع حاجبيه متعجباً من تعليقي فواصلت:

"إنني مدعو إلى التحفة التي أقحمت الدنيا إلى حقبة الفن الحديث!"

"كف عن التملّق يا حسام، أعتقد أن الإجهاد العقلي والبدني الذي مررت به مؤخراً جديرٌ بهذه المأدبة"

"سيتلاشى التعب عندما أحقق أحلامي سيد ليوناردو!"

هز رأسه نافياً وهو يتناول قطعة خبز ليّنة ساخنة قسمها نصفين وقال قبل أن تصل إلى فمه:

"من غير اللائق أن تذكر الأحلام والتعب في نفس العبارة! لا يوجد تعب بسبب السعي لتحقيق الأحلام، فالمبدعون لا يتعبهم سوى التخاذل عن تحقيق أحلامهم! أحلامك يا بني كهذه المائدة لن تلتهمها دفعة واحدة، لا بد أن تستمتع بتحقيقها قطعة قطعة.. تلك متعة لن تنتهي إلا بانتهائها .."

"أو بانتهائي أنا!"

ابتسم السيد ليوناردو، فقد استوعبت الدرس أخيراً! أغلقت دفتري بعد أن دونت آخر عبارة وقلت وأنا أدسه في جيب سترتي المزركشة:

"لقد فهمتك سيدي! وسأنفذ.. طبعاً إذا استطعت العودة إلى عصري وعالمي! "

151

"سوف تعود!"

قام بعد أن قالها وتوجه إلى النافذة العريضة التي تتوسط الغرفة وأمامها أحد اختراعاته مغطى بالأقمشة التي لم يلبث أن أزاحها لتكشف عن نموذج طائرة شراعية صنعها بنفسه.

"هيا يا حسام، عليك أن تبدأ السباق الآن"

فهمت مغزاه، فخلعت له القبعة وانثنيت إجلالاً وتقديراً، ألقيت بقبعتي من النافذة وامتطيت الطائرة وودعت ليوناردو:

"الوحيد الذي سأسمح له بأن يسبقني هو.. أنا!.. هذا وعد سيد ليوناردو!"

قفزت، لم أتردد، لم آبه بالارتفاع الشاهق ولا بصخور الهضبة والوادي أسفل مني، حملني الشغف والريح.. وتبعتني كلمات ليوناردو الذي وقف على حافة النافذة وصرخ ليُسمعني:

"لا تنسى يا حسام.. أنا لا أرسم، ولا أخترع، وإنما أبدع بدون توقف! دع الإبداع ينساب من أعماق روحك وعقلك، حذار أن تهمله، وليهبط بعدها على أي شئ كان.. لوحة أو معزوفة أو كلمة أو فكرة.. فقط أبدع.. أبدع بجموح وبلا توقف!"

ابتسمت وأنا أستمع لصدى كلماته، كلمات بسيطة من رجل عظيم غيرت فكرتي عن كل شئ! أشعر بفيضان من الإبداع على وشك الانفجار.. لمحت العربة تقترب من القلعة أسفل مني لاحظتني ملاك فأطلّت من نافذتها ولوحت لي، نجحت في الهبوط بجوارها، ركضت ملاك نحوي وعانقتني وهي تسألني:

"هاه.. كيف كان؟"

أخرجت دفتري ولوحت به أمامها بزهو وأنا أقول:

"بعد اللي تعلمته اليوم ما أعتقد أحتاج أتعلم أي شئ ثاني! ماني عارف كيف أقدر أشكر السيد ليوناردو.. ولا كيف أشكرك يا ملاك"

صُبغت وجنتاها بالخجل قبل أن أكمل عبارتي فاكتفت بالصمت، احتضنت ذراعي وقادتني للعربة، تأملتها وهي تجلس بجواري، تداري إرهاقها بابتسامتها، أعتقد أنها لم تنل قسطاً من الراحة منذ أن اقتحمتُ أنا عالمها، سمعت ملاك ما يدور بخاطري كعادتها، فأمالت رأسها على كتفي وأغمضت عينيها، ألا تستحق حناني بعد كل ما فعلته من أجلي؟ ألا تستحق حبي؟ تركت الإجابة لذراعي التي تحيطها وأناملي التي تداعب خصلات شعرها.

إبراهيم عباس

154

(7)

أوتار روحي

إبراهيم عباس

156

أمضيت عقدين من سنين حياتي -التي لم تتجاوز العقدين سوى بقليل- في صفوف الدراسة، أكثر من سبعة آلاف يوم! يومٌ يركل يوماً.. وجميعها تركلني لأخرج في النهاية بوريقات مختومة لا تسوى شيئاً وهي تفتقر إلى الختم الأهم: ختم حرف الواو السمين المطرّز المبخّر! أما هنا فقد تعلمت كل شئ في سويعات قليلة، تعلمت أن التعليم ليس بتلقين المعلومة، ليس بحشوها في جرابات مثقوبة متهالكة، إنما هو لياقة وفن يمكنك من الوصول إلى المعلومة المنشودة بسرعة، وتشربها وصياغتها ونسجها مع معلومات أخرى بشكل إبداعي واستغلالها واستخدامها بأفضل طريقة ممكنة. وتعلمت ماهو أهم!

وهو أنني مهم!

مهم جداً ومقدَّر لذاتي! لا لأصلي ولا فصلي ولا نسبي ولا قبيلتي ولا -مرة أخرى- واسطاتي! لو أنهم فقط علمونا هذين السطرين قبل أن يتخموا أدمغتنا بمواد محدودة الصلاحية سريعة التبخّر!

انطلقت بنا العربة بعد أن غادرنا قلعة ليوناردو، لن أطلق عليه اسم دافينشي بعد الآن! ملاك أسلمت رأسها لصدري وأسدلت ستار شعرها المذهّب على أجزاء منه ومن وجهها.. وأغمضت عينيها، فتسابقت النسائم لتتسلل عبر نافذة العربة وتشارك أناملي الرقص على خصلاتها، تحمل معها العطور التي يهديها لها حقل الأزهار حولنا. اختلفت نظرتي لكل شئ تقع عليه عيناي بعد عبارات السيد ليوناردو، أصبحت أرى الأشياء بشكل أوضح، وأنصع، وأجمل.. أصبحت شغوفاً بكل شئ، تغوص عيني في تفاصيل التفاصيل لتستمتع بكل ذرة جمال أودعها الخالق البديع سبحانه في هذا الكون! بالرغم من انطلاقنا بسرعة، كنت أستمتع باللوحة التي رسمتها بتلات الأزهار المخملية، أتأمل ملامح كل زهرة على حدة، وأتبسم للهفتها على استراق النظر إلى وجه ملاك الذي فاقها نعومة وجمالاً، أرى الألوان تتمازج تحت قطرات الندى التي تمرح بين عروقها، مددت يدي عبر النافذة، والتقطت إحداها لأحقق لها أمنية القرب من ملاك، دسست الزهرة بين خصلات شعرها فابتسمَت، همستُ وكأني أخشى أن يخدش صوتي غفوتها:

"ملاك؟.. إنتِ نمتِ؟"

فتـحت عينـها بكـسل، مازالت تـلك الدمـعة الخجـولة متـشبثة بأهدابها، والابتسامة لم تغادر شفتيها، نظرَت إلي نظرة اخترقت روحي بنهر مشاعرها، سعادتها بوجودي.. وحزنها من فراقي، أمانها معي.. وخوفها علي، إنهاكها بسببي.. وطمأنينتها بين أحضاني، هزّت رأسها إيجاباً ثم أغمضت عينيها وغاصت بوجهها أكثر في صدري. وصلنا.. ولكنها لم تفتح عينيها، ليست نائمة، فابتسامتها تفضحها، لـقد أنسـتني ملاك كـومة العـقد النفسية التي كنت أعاني منها، لن أتركها تعود وحدها! حملت طفلتي على ذراعي، كالعروس بفستانها المنفوش، كنت دائماً أتساءل، هل سأستطيع أن أحمل عروسي ليلة زفافي؟ وحتى لو استطعت، ألن أبدو مضحكاً بقصر قامتي وانتفاخ كرشتي؟ ذلك الهاجس المرعب جعلني أتمنى أن أعود بهذا الجسد لعالمي.. فقط بهذا الجسد الأنيق! وضعت دميتي على السرير، وانطلقت إلى الإيوان، كانت بداخلي رغبة عارمة لتطبيق ما تعلمته، كان هناك سيل من الطاقة المتدفقة من روحي، تبحث عن متنفس لها، لم أجد صعوبة في إيجاد برنامج للرسم، كنت أقف أمام شاشة ثلاثية الأبعاد بطولي أو أطول قليلاً، وحولي جميع أدوات الرسم والتلوين والنحت الافتراضية، وفي خاطري صورة واحدة بدأت تحتل كياني: نظرة ملاك وابتسامتها ورأسها على صدري.

بدأت ألوح بيدي في الفراغ ثلاثي الأبعاد وأنا أتعامل بمهارة وسرعة مع أدوات برنامج الرسم، أو بالأصح "التجسيم" فقد كنت أجسد كل التفاصيل وأنسجها بشكل ثلاثي الأبعاد مفعم بالحياة في كل جزئية؛ كانت اللوحة تنظر إلي، كانت تتنفس، أرى انعكاس صورتي على عينيها، تتراقص أهدابها مع النسيم. لا أستطيع تقدير الوقت الذي قضيته وأنا منهمك مع تحفتي، كنت في شبه غيبوبة لم أفق منها إلا بعد أن أنهيتها، أعادني صوت ملاك لوعيي، لقد كانت تقف خلفي، تنظر للوحة، تشاركها دموعها الصامتة، التفتُ إليها، غادرت دمعتها أهدابها وتبعتها حبات اللؤلؤ، دفنت رأسها مرة أخرى في صدري الذي أصبح ملاذاً لها وتهاوت بين أنفاسها وتنهيداتها وهمساتها:

"أحبك يا حسام! والله ما أقدر أعيش من غيرك!"

أمسكتُها من كتفيها ونظرت لعينيها مباشرة وقلت:

"ملاك! أرجعي معايا لعالمي!"

"يعني تتوقع لو أقدر كان اترددت لحظة؟"

"أكيد فيه طريقة! لازم تكون فيه طريقة!"

160

رفعَت رأسها ومسحت دموعها وأنفها المتورد بذراعها وحاولت تلطيف الأجواء وهي تشير إلى اللوحة ثلاثية الأبعاد التي تطفو خلفي:

"مممممم.. يعني زيارتك للسيد ليو كانت مفيده؟"

"أهه.. هذي أول تجربة.."

"تجربة؟ ياخي حرام عليك! هذي طلعت أحلا مني!!"

"ما أسمح لك تقولي إنه فيه شئ في الدنيا أحلا منك! حتى لو كانت صورتك!"

فاضت دلالاً وغبطة وهي تقول:

"وكمان اتعلمت الشعر والغزل؟!"

"الفن والشعر والغزل اللي في الدنيا ما يقدروا يوفوا نظرة من عينك حقها!"

أربكتها تغزلاتي المتتالية جداً، فقررتُ أن أزيح عنها الارتباك وأغير الموضوع:

"عندي سؤال محيـرني من أول ما وصلت هنـا.. كيف أعرف الوقت؟ كم الساعة؟"

"طب ليش بتسأل؟"

"كيف يعني ليش باسأل؟ أبغى أعرف قد ايش بعدت عن أهلي؟ أبغى أعرف ليلي من نهاري! متى أصحى؟ متى أنام؟ متى أصلي؟"

"تقدر تنام وتصحى وتصلي وقت ما تحب!"

"طب أنا هنا من متى؟ كم الفترة اللي قضيتها؟"

"يعـني.. تـقديرياً لو حسبناها بـعدد الـساعات تطـلع يومين.. أو ثلاثة.. حسب توقيت عالمنا"

"وحسب توقيت عالمي؟"

"دقيقتين وثمانية وخمسين ثانية!"

"هاه؟ معقول؟ دا كله في دقيقتين بس؟ وكيف عـرفتي تحسبيها بهذي الدقة؟"

162

"مو يكفي أسئلة؟"

"طب تعرفـي فين اتجاه القبلة؟"

"لا.. ما أعرف كيف أحددها من هنا!"

"طب معليش.. إنتِ تصلي أصلاً؟!"

قلتها بعفوية ولكنها تضايقت جداً، ومن لا يتضايق من سؤال كهذا؟ أجابتني بحزم:

"طبعاً! كلٌ قد علم صلاته وتسبيحه!"

تلقيت صفعتها بصدر رحب؛ أستحقها! توضأت.. وصليت ما تيسر لي من ركعات نحو الوجهة التي تيسرت لي، وملاك تجلس على طرف السرير تراقبني.

"تقبل الله"

أجبتها بنبرة فتى المركز الصيفي:

"جزاكِ الله خير!!"

"نسيت ما تقول يا "أُخَيَّتي"

خفة دمها تشفع لها دائماً عندما تتمادي في مزحها الثقيل، مممم يجب أن أعترف: وجمالها أيضاً!

"يللا بسرعة خذ دش بلاش لكاعة!"

دخلت الحمام لأ نزع تلك الملابس الغريبة وأستحم بسرعة، خرجت فلم أجدها، وإنما وجدت ملابس جديدة اختارتها هي بعناية، قميص أبيض بياقة مطرزة، وبذلة سوداء مخملية وشئ يشبه ربطة العنق، لفافة بيضاء حول الرقبة، لم أجد صعوبة في ارتدائها، فبعد العناء الذي واجهته في زي العصور الوسطى لن يصعب علي ارتداء أي شئ آخر.. سمعت قرعاً على الباب.. هل يعقل أن تكون ملاك قد ذهبت لتغيير ملابسها وعادت بهذه السرعة؟ أتتني الإجابة الصارمة من الخارج:

"افتح يا حسام أنا خالد"

خالد؟ كيف وصل إلي؟ وماذا يريد يا ترى؟

انتابني الفضول والرغبة في سؤاله عن كل شئ تخفيه عني ملاك، وفي نفس الوقت توجست مما يمكن أن ينوي عليه، بالذات بعد أن حاول تسميمي.

164

فتحت الباب.. لا يمكن أن تخفي هذه النظرة أي نوايا سيئة!
توجه للشرفة وجلس على أحد مقاعدها فتبعته.

"حسام.. كيف حال مرام؟"

مرام أختي الصغرى التي لم تتم ربيعها الثامن عشر بعد. كيف عرفها؟ هل كان يطلع على تفاصيل حياتي هو الآخر؟

"مرام بخير.. طبعاً لحد آخر مرة شفتها فيها!"

نظر للأفق وقال بتأثر:

"تلاقيها كبرت وصارت عروسة!"

"كيف تعرف عني كل شي؟ إنت كمان كنت بتراقبني؟"

تجاهل سؤالي وهو يقول:

"مرام مالها غيرك بعد اللّه!"

"وأمي اللّه يعطيها طولة العمر والعافية!"

"اسمع يا حسام، ملاك تبغاك تسيب أهلك وتعيش هنا! ملاك ما يهمّها أحد منهم! أهم شي عندها إنك تفضل معاها! إنت بعدت عن عالمك ثلاث دقايق، لو كملت سبع دقايق ما حتقدر ترجع! وحتفضل هنا للأبد!"

"يعني ملاك تبغى تحبسني هنا؟ عندها الحل اللي يرجعني لأهلي وساكته؟"

"أنا عندي الحل!"

قالها ووقف وتوجه إلى طرف الشرفة.. وواصل:

"لو تبغى تعيش بين أهلك.. لازم تموت هنا! ببساطة غمض عينك وأرمي نفسك من هنا، ورح ترجع لأهلك! لا تنسى، كل لحظة محسوبة عليك!"

قالها وغادرني وسط ذهولي ودقات قلبي العنيفة وأنا أقف على حافة الشرفة، الشرفة التي تفصلني عن العودة لأهلي وعالمي، الشرفة التي قد تفصلني أيضاً عن ملاك.. تحرمني منها بعد أن تعلق بها قلبي وارتبطت بروحها روحي. ولكن أهلي أهم من ملاك.. وأهم مني! أهم من قلبي وروحي! شعور غريب جعلني أصدقه، أؤمن بكل حرف قاله، هل هو التعلق بالأمل؟ أم الارتياح الغريب الذي شعرت به تجاهه؟ هل حاول تسميمي كي أعود إلى أهلي؟ هل هي الوسيلة الوحيدة للاستيقاظ ومغادرة هذا العالم؟ الآن سأتأكد بنفسي!

166

أغمضت عيني.. تسمّرت على حافة الشرفة لفترة تكفي لاسترجاع ما أتذكره من تفاصيل حياتي، ولملمة شجاعتي ولهفتي على أهلي لأقنع نفسي بأنني حبيس في داخل هذا الحلم، لن أخسر شيئاً بمغادرته! ولن يحررني منه سوى الموت فيه لتستيقظ روحي وتعود إلى جسدي. دبّ الخدر في أطرافي وتلاعبت الرياح بتوازني وأنا أقف على الحافة وأفرد ذراعي لأطير عائداً إلى أهلي.

"حسااااام!"

صرخة ملاك كانت الفاصل بين الموت هنا والحياة هناك! أطلقتها في لحظة ترنحي وسحبتني بكل قوتها فسقطتُ عليها وضمتني وأنا على الأرض تبكي وتتحسس وجهي وكأنها لا تصدق أنني ما زلت معها.

"حسام!!! ليش يا حسام؟؟!! ليش حرام عليك؟!"

اعتدلت في جلستي وقلت لها بغضب:

"تضحكي علي طول الوقت!! تبغي تحبسيني هنا؟"

"حسام إنت منت فاهم شي! صدقني يا حسام أنا ما أبغى غير مصلحتك!!"

"وأنا ما أبغى غير مصلحة أهلي! سيبيني لازم أرجع لهم قبل فوات الأوان!"

"حسام! أرجوك!! طب كمّل معايا أربعة أيام هنا، بس أربعة أيام.. ما حتسوى غير ثلاث أو أربع دقايق في عالمك، أبوس يدك يا حسام!!"

دموعها التي تذيب الصخر أذابت قلبي، فهدأت نبرتي وأنا أقول:

"لكن لو مرّت هذي الفترة رح أنحبس هنا.. صح؟"

"حسام أنا عارفة بالضبط متى لازم ترجع، ووقتها أنا رح أرجّعك بنفسي لو أصرّيت إنك تسيبني.. أقسم لك بالله!"

وقفت، وحملتها من تحت ذراعيها لتقف، مسحت دموعها بيدي..

"طب خلاص بلاش دموع، أرجوكِ ما أقدر أستحمل!"

وضعت جبهتها وسط صدري وأخذت تلكمني عليه ببراءة:

"إنت تبغى تموتني يا مجنون!"

"بعيد الشر عنك يا ملاك!"

انزلقت ذراعها تحت ذراعي وسحبتني وهي تقول بالألمانية بنبرة مرحة لا تزال مبتلة بدموعها:

"هيا بنا.. يكفينا لحظات درامية! سوف نتأخر عن موعدنا مع السيد لودفيغ!"

قالتها وظهرت أمامي فجأة كرة فضية طفت من الأسفل للأعلى ببطء شدد وغطت أفق الشرفة.. إنه منطاد! أحد المناطيد التي ودعت عصور ما قبل المحركات النفاثة، كابينة خشبية صغيرة يحملها بالون بيضاوي بحجم الجناح الذي أعيش فيه تقريباً.. توقف بمحاذاتنا تماماً فصعدنا أنا وملاكي وانطلق بنا لمقابلة السيد لودفيغ.

هبط بنا المنطاد في حديقة أمام مبنىً قديم اسطواني الشكل تزينه الأعمده والنقوش التي تتباهي بعصر النهضة..

كان المبنى عبارة عن مسرح فاره تفوح الا رستقراطية من بين ثناياه. تردد جدرانه معزوفة موسيقية، على العكس تماماً من الموسيقى التي سمعتها عند السيد ليو، فلم تكن آلة واحدة تعزف لحناً هادئاً، وإنما عشرات الآلات اشتركت في ملحمة عنيفة؛ دخلنا قاعة المسرح، بالفعل كانت هناك أوركيسترا متكاملة، كان يقودها السيد لودفيغ، يعزف على البيانو بعصبية ويرفع يده من وقت لآخر ليوجه فريقه. تخلت عني ملاك مرة أخرى فأجلستني أمام السيد لودفيغ مباشرة وذهبت هي لتجلس في آخر القاعة الخالية. طبعاً لم أجرؤ حتى على إزعاجه بأنفاسي وهو في قمة حماسه وعصبيته.

كان شعره الفضي المسترسل يشارك أنامله في انفعالاتها، وقطرات عرقه تنهال على مفاتيح البيانو الذي ثار مع ثورته. وفجأة.. توقف؛ رفع يده آمراً الجميع بالتوقف، رأسه لا يزال مسدلاً على البيانو وعيناه مغمضتان، شق طريقه بين العازفين الذين انتابتهم موجة رعب صامت، وتوقف عند فتاة تعزف الكمان.

كان هناك أكثر من عشرين عازفٍ للكمان ولكنه توقف عندها بالذات، وارتعدت عندما فتح عينه فجأة وصرخ فيها:

"ماذا تفعلين؟!"

لم تجرؤ على إجابته، واكتسح العرق جبينها واللون الزهري خديها وتسمرت عيناها على الأرض.. فواصل مزمجراً:

"ماذا تفعلييين؟!! هل أصبتِ بالصمم أنتِ أيضاً؟!"

"أعزف يا سيدي.. أعزف!"

"فعلاً كنتِ تعزفين.. فقط تعزفين!"

رفع رأسه والتفت للجميع وصرخ غاضباً:

"من يعتقد أنه جاء هنا فقط ليعزف فليغادر حالاً!"

نزع الكمان منها وبدأ يعزف بسرعة وعصبية تلك المعزوفة العنيفة الغاضبة وواصل توبيخه لها بالرغم من عزفه السريع دون أن ينظر إليها:

"لماذا تعزفين هاه؟ فتاة مثلك يجب أن تبقى في البيت! تنـظف وتطـبخ وتحـلب الأبـقار! فـتاة رقيـقة مثـلك لا تستطيع أن تهاجم في سيمفونية كهذه! أتدللين الكمان؟ ماذا تظنينه؟ صديقك التافه؟ عشيقك الأحمق؟"

اصطبغ خداها بلون زهري داكن فاختفى النـمش الذي كان يعلوهما، وتحول أنفها للون أحمر حـانق، وأصبحت فتحتاه كاملة الاسـتدارة تضيـقان وتتسعان وهـي تـزفر غـضبها، لـم تحتـمل إهـانات الـسيد لودفـيغ فانتزعت مـنه كمانـها وأطلـقت اللـبوة المتوحـشة التي كانت تختـفي خـلف نمـشها ورقـتها فانقـضت بمخالبـها عـلى رقـبة الكـمان المـسكين، وأوثقـته ما بـين خدها وكتفها، ونبـشت أوتاره بـكل شـراسـة، لـم تلا حـظ الابتسـامة الطفيفة التي علت وجه السيد لودفيغ للحظات قبل أن يعود.

أتم معزوفته الخرافية، توقف شعر جسمي ليلقي له التحية، كان فريقه ككتيبة نجت للتو من حرب كادت أن تبيدهم، يضعون أسلحة العزف جانباً، يلتقطون أنفاسهم، يمسحون عرقهم.. ما عدا السيد لودفيغ الذي أخرج مجموعة أوراق من جيب سترته الداخلي وبدأ يدون ملاحظاته عليها.

172

اقتربت منه بهدوء؛ كانت أوراقه مكتظة بالخطوط والرموز الموسيقية وكان يشطب بعضها ويضيف عليها.. فهمست عند أذنه:

"أنت بيتهوڤن صح؟؟ لودڤيغ ڤان بيتهوڤن! لقد تذكرتك وتذكرت هذه المعزوفة، إنها سيمفونيتك الـ آآآ.. الخامسة على ما أعتقد؟ صح؟ الخامسة أو التاسعة؟"

لم يكن سؤالي الساذج جديراً بأي إجابة، وهذا ما حصل.. لقد تجاهلني تماماً. وبعد لحظات قال:

"ما أعظم نعمة الصمم!"

قالها ونزع سمّاعة صغيرة كانت مثبتة في أذنه، وضعها جانباً وواصل:

"ما أروع أن يسمع الإنسان ما يشاء، ويصم عما يشاء!"

"صحيح تذكرت، لقد أصبت بالصمم!"

"هذا صحيح!"

"ألا تسمعني الآن؟"

"لا أسمعك!"

"ولكن.. ولكن كيف.. هل تقرأ حركة شفاهي؟"

"أنا لا أسمعك بأذني!"

كانت كل كلمة يقولها تزيدني حيرة..

"أنتم تسمعون بسبب اهتزاز الطبلة الصغيرة في آذانكم، أما أنا فكل ذرة في كياني تشعر باهتزاز الأصوات.. كل خلية في جسمي تحولت لأذن صاغية مرهفة!"

"كنت أتساءل كيف تؤلف الموسيقى دون حتى أن تسمعها!"

"حاسة السمع عندي ضمرت مع السنين، حتى تلاشت.. حاولت أن أتخلص من حياتي، كدت أن أنتحر، ولكن مع اقترابي من الموت كُتبت لي حياة جديدة!"

قالها وكأنه يلمح لي بشئ، طبعاً كنت أدون كل شئ بالتفصيل في دفتري.. فواصل:

"رؤية الـموت وجهاً لوجه جعلتنـي أتساءل: أليست حياتي جديرة بتحدٍ أخير؟ وفي كل الأحوال لن أخسر أكثر مـما خسرته!"

"ولكن الانتحار جريمة وفشل!"

"اكتشفت أنني كنت ميتاً بين الأحياء.. فقررت أن أحيا بعد مماتي!"

التفت إلى أخيراً وهو يقول:

"لا يـوجد انتحار أبشع من الحياة بدون هدف وبدون تحدٍ وإنجاز وبدون صياغة للتاريخ! هذه ليست حياة وإنما إهدار للأكسجين على كوكب الأرض!"

سكت قليلاً ثم واصل:

"سيد حسام، إن لم تكن لديك نيّة جادّة لتغيير التاريخ.. فأنت تضيع وقتي ووقتك"

لو أخبرته بأن أقصى غايتي هو تأمين الوظيفة -أياً كانت- والراتب والزوجة وإيجار الشقة، لاكتشف أنني جثة تمشي على الأرض، تستنزف مواردها ولا تستحق رشفة من أكسجينها!..

تجاهلت كل ذلك وقلت عبارتي الإلزامية بكل صرامة:

"سوف أغير التاريخ سيد لودفيغ"

فتح غطاء البيانو وضرب على أحد الأوتار الغليظة فاهتز مصدراً رنة رخيمة ووضع يده بقربه وكأنه يستمتع بذبذباته وهي تدغدغ أنامله..

"ماذا تريد أن تتعلم مني إذاً؟"

أخشى إن قلت "الموسيقى" أن أواجه مصير تلك الفتاة المسكينة، أسئلة زعماء المنظمة كأنها أفخاخ تثبت حماقتي وجهلي، فابتكرت إجابة مختلفة:

"أريد أن أعرف كيف أصبحت أعظم عازف موسيقى؟"

"عازف؟!!"

كنت أنهش ذاكرتي لأستخرج منها كل ما أعرفه عنه تلافياً للإحراج، تذكرت معزوفاته، وإنجازاته بالإضافة إلى عصبيته فاستدركت فوراً قبل أن يثور:

"أقصد مؤلف!"

176

"أنا كاتب موسيقى! أنت تعيش في العام الرابع عشر بعد الألفين صحيح؟"

"صحيح!"

"معقول؟!، ألم يبرز من هو أفضل مني حتى الآن؟!"

"لا!"

"شئ مضحك فعلاً، أعظم موسيقار؟! بعد قرنين من الزمن! لقد كنت منبوذاً من الأوساط الارستوقراطية وممنوعاً من دخول قاعات الأوركيسترا"

"ماذا؟!"

"لم يتقبلوا تفوّق أصمٍ قصيرٍ شاحبٍ مثلي عليهم كما لم يكن لدي الوقت للتأنق والتملق كي أندمج معهم، لقد كنت مشغولاً بالموسيقى، وبركل الذين يشوهونها كلما سنحت لي الفرصة!"

177

"عمن تتحدث سيد بيتهوفن؟ أنت معجزة غيرت تاريخ الموسيقى بأكملها! جميع أمم أوروبا اختارت (أنشودة البهجة) التي ذيلت بها سيمفونيتك التاسعة كشعار لها منذ أربعين سنة!"

"من المحزن أنهم يحاربون العظماء حين يبدعون، ولا يتغنون بهم إلا بعد مماتهم! لم أحزن على موتي قبل أن أشاهد انتصاري بقدر حزني على موت أعدائي قبل أن يتذوقوا هزيمتهم!"

ابتلع مرارته وبادرني بالسؤال:

"هل تعرف ما هي الموسيقى؟"

تجاهل تبلّمي وأجابني:

"الموسيقى هي التناغم.. تناغم الأ صوات، تناغم الأ شكال، تناغم الأرواح؛ الحياة ليست إلا سيمفونية سلسة عذبة، منّا من ينسجم مع ألحانها، ومنا من ينشز فتنبذه وينبذها!"

–سيمفونية الحياة– دونت الملاحظات في دفتري بينما واصل بيتهوفن وكأنه يستمع لمعزوفة داخل روحه:

"ما نعزفه ليس إلا محاكاة إيقاعية للألحان التي تفور في داخل أرواحنا، نحاول ترجمتها من خلال هذه الآلات!"

انسابت معزوفته من داخل روحه إلى أصابعه التي بدأت تعزف على البيانو تتفاعل مع مشاعره، وكأنها خلفية موسيقية صممت خصيصاً لكل كلمة يقولها:

"الموسيقى هي التي تبعث الحياة في المعاني من حولنا، الحب (قالها بحنان وتراخى عزفه) الغضب (قالها بانفعال واشتد عزفه) الحزن (قالها بأسىً صبغ ألحانه)"

فعلاً ! لو رددت هذه الكلمات بدون النغمات التي تعكس انفعالاتها لتجردت من معانيها، بل بالعكس، قد يردد الشخص عبارات الحب ولكن نبرته تبث معاني الكره، قد يردد عبارات الشجاعة والقوة ونبرته تتمزق خوفاً ووجلا!

179

"العزف هو الخطوة الأخيرة في بث تلك المشاعر، مجرد إطار، الأهـم هو ما يكمن في أعمـاق ذلك الإطار!"

"سـيد بيتهوفين، لقد ذكرتني بنظرية الأوتـار – The Strings Theory"

"The Strings Theory?!"

"من النظريات الحديثة التي تفسّر أصل التكوين وتشرح أساسيات المادة والطاقة؛ كل شئ حولنا ليس إلا حزَم كميّة على شكل أوتار متناهية الدقة تتحدد خصائصها بذبذباتها وتفاعلاتها بتناغمها"

"وهل نحتاج إلى نظريات وبراهين كي نعرف أن الوجود متناغم وموزون؟!"

قام من على كرسي البيانو وباغتني:

"تفضل!"

لقد حانت لحظة الإحراج العظمى!

180

أنا الذي لم أعزف في حياتي سوى الثواني الأولى الكسيحة من هابي بيرث داي تو يو، وأهواك، ويا طيب القلب.. أعزف اليوم أمام بيتهوفن بشحمه ولحمه؟! جلست على الكرسي، ومددت أصابعي المرتجفة، سأحاول عزف لحن التيتانك الذي عزفته مع ملاك، اختفت ارتعادتي مع نقراتي.. وانطلقت!

كان بيتهوفن متكئاً على حافة البيانو، مطرقاً رأسه، مكتفاً ذراعيه، أطراف أصابعه التي ترفض التوقف عن العزف تتحرك في الهواء مع اللحن.. وانتهيت. لم أكن أريد أن أسمع رأيه، فقط أريد النفاذ بجلدي من هذا الموقف!

"بدأتها بإي ميجور.. ترسل رسالة حب ووفاء.. وارتفعت الانفعالات تحكي صراعاً وتحيك حزنا.. ثم انتهت بوعد الحب الأبدي رغم الفراق"

لقد لخص قصة الفيلم! فقط بالاستماع للموسيقى! بدأ رأسي بالانتفاخ إلى أن سألني السؤال القاتل:

"متى كتبتها؟"

"آآآآ.. أنا لم أؤلفها، وإنما عزفتها على طريقتي.."

"اسمع يا سيد حسام، العزف هو أسهل ما يمكنك تعلمه! يمكنك أن تتقن بث مشاعرك عبر أي آلة موسيقية، إذا توفرت تلك المشاعر، وكانت صادقة قوية فياضة!"

أغلق غطاء لوحة المفاتيح وواصل:

"من يكتب الشعر ليس كمن يردده! من يكتب الرواية ليس كمن يقرؤها! من يكتب الموسيقى ليروي إحساس روحه، ليس كمن يعزفها ليتباهى أمام الناس!"

"ولكن لا بد أن أتقن العزف على الآلة قبل أن أكتب الموسيقى أليس كذلك؟"

"أنت تحمل أعظم آلة موسيقية يا حسام.. تعزف عليها باحتراف دون توقف"

لغز آخر.. سأنتظر حله..

"هل تذكر أول لحن استمتعت به؟"

"بصراحة وبعيداً عن المجاملات، معزوفتك العظيمة التي عزفتها من أجل إليسا Für Elise تلك كانت أول اسطوانة أحصل عليها في حياتي"

"أول لحن طربت له يا حسام هو غناء والدتك مع عزف أنفاسها ودقات قلبها الذي احتضنك جنيناً يكتشف شعور السمع للمرة الأولى.. كم مرة التصقت معزوفة بدماغك وتردد صداها في دهاليزه رغماً عنك؟ كم مرة أنساك الانسجام نفسك وجعلك تـدندن الأ لحان لا شعورياً؟"

"أتقصد أن دماغي هو.."

"نعم! الدماغ هو أعظم آلة موسيقية على الإطلاق! تنساب بداخله الأ لحان دون توقف لتنسجم مع انفعالات الروح، تلك هي الموسيقى المصاحبة لحياتنا، تبدأ ببدايتها وتتلاشى تدريجياً كلما كبرنا وتشاغلنا عن ذواتنا وتمردنا على أرواحنا"

ترك بيتهوفن البيانو وتقدم نحو ممر في طرف القاعة ينتهي بباب أسود مغطى بوسادة جلدية مزخرفة، تبعته إلى الفراغ المعزول خلف ذلك الباب، لأول مرة أشعر بالهدوء المطلق، لدرجة جعلتني أنزعج من ضجيج أنفاسي وطنين أذني.

"مرحباً بك إلى داخل الآلة الموسيقية العظمى!"

قالها فتوهجت إضاءة خافتة من سقف الغرفة الشاسعة، وكشفت وسط الظلام عن عدد لا حصر له من الأوتار العملاقة التي تتقاطع في كل اتجاه، نحن فعلاً في داخل آلة موسيقية هائلة!

"هذه الأوتار ستعزف أي لحن يصدره وجدانك، لا داعي لأن تريك عقلك بقرع المفاتيح ونقر الأوتار ونفخ الأبواق.. دع ذلك للآلات، ما يهم هو أن تعرف.. وتعزف ما تشعر به"

أغرتني تلك الأوتار بالعزف، ولكني لن أطالها إلا بوجداني، هممت بدايات لحني، فاهتزت معها الأوتار وانطلق اللحن..

لست بحاجة إلى الهمهمة، فقد كانت الأوتار تقرأني وتعزف ما بداخلي، فعلاً الأهم هو أن أشعر باللحن بكل شفافية وعمق، والعزف تحصيل حاصل.. تصاعدت انفعالاتي مع ألحاني وتمازجت معها ألحان أخرى لم أعرف مصدرها إلى أن شعرت بخد ملاك ويديها تتكئان على كتفي، لم أشعر بها وهي تدفع الباب ببطء وتقترب لتشاركني وجداني، عزفنا سوياً، وشاركتنا قلوبنا الرقص إلى أن تناهت المعزوفة.

لقد أذهلت ألحاننا بيتهوڤين شخصياً.. أثارت وجدانه ليبدأ في معزوفةٍ لم تحتمل الاحتباس داخل روحه، فحررها من أسرها..

بالرغم من صمتنا، أشارت إلي ملاك بسبابتها على شفتيها كي لا نخدش انسجام بيتهوڤين، وسحبتني من يدي برفق لنغادر. ليس من اللائق أن أذهب دون أن أودعه وأشكره، ولكن معايير الذوق تلتزم الصمت احتراماً لعزفه، اكتفيت بالهمس بيني وبين نفسي:

"شكراً سيد لودڤيغ.. أعدك أن أغير العالم!"

بالطبع لم يرد علي، فهو بحاجة للحظات الصمم الآن، لكنه ابتسم ابتسامة خفيفة وواصل عزفه وهو مغمض عينيه، وسمعت الرد في ألحانه، كانت تقول لي:

"إن أرادت روحك تغيير عالمك، فتأكد أنه سيتغير!"

هُناك

(8)

الحياة.. جولةً جولة!

إبراهيم عباس

أكثر شئ بهـرني هـنا، هو أنا! قدراتي الجسـمانية،
قدراتي العقلية، والأهم من هذا وذاك كمية النشاط والطاقة
الهائلة التي تتدفق في عروقي. أكبر كارثة كنت أعاني منها في
حياتي هي الكسل، ليست كارثة، بل جريمة أرتكبها بحق نفسي..
جريمة يشاركني فيها كل من حولي! الجميع كسالى، الجميع
مجرمون! الفرق بيننا وبين العظماء الذين حققوا النجاح ليس في
قدراتهم الخـارقة ولا مواهبهم الفذّة، الـفرق الـجوهري هو
الهمّة.. النشاط.. الالتزام.. العمل الـجاد المتواصل. هذه الصفات
هي التي تصنع العظماء! من لا يبلغ العظَمة ليس له أي عذر؛
أحلامنا إن لم نحققها.. فنحن لا نستحقها!

ليلة البارحة تيقنت أنني في حلم.. أجمل ليلة عشتها في حياتي
وجميع أحلامي وخيالاتي. أهلكنا التعب أنا وملاك، ولكن صدى
الألـحان الساحرة لم يفارق أذني.. إلى أن بدأت ملاك بالغناء..
أنستني أن البشر اخترعوا الموسيقى وابتكروا آلاتها.

تربّعَت على السرير بعد أن أصدرت أوامرها للقباب التي تغطي سقف غرفتي فتداخلت في بعضها لتكشف عن منجم ألماس برّاق يسبح فوق أمواج سماء قرمزية لا يحرك سكونها سوى بضع نسائم تسللت إلينا متغلبة على خجلها فقط لمداعبة خصلات شعر ملاك التي داعبت بدورها خصلات شعري وحواجبي وخدي وأرنبة أنفي بعد أن وضعت رأسي على حجرها وأنا مغمض عيني أستمتع بغنائها الذي زاده الهمس عذوبة وأضفى عليه بحّة لذيذة غمستني في غيبوبة لا أود الاستيقاظ منها.

ولكنني استيقظت، غادرَت بعد أن أخلدتني لمهدي وتركت لي رسالة خطّتها على دفتري ووقعتها بشفتيها:

"حبيبي حسام.. أضطريت أمشي غصب عني، لازم أخلص مليون شغلة.. أنا أموت فيك.. ملاكك"

لا أزال متحمساً جداً لممارسة ما تعلمته من السيد بيتهوفن، أصيبت أصابعي بنوبة هستيريا لن تهدأ سوى بالعزف!!

انطلقت إلى المصعد، نزلت، ووجدت ليان وأخواتها كما توقعت. ثلاث حوريات يجلسن حول النافورة ويعزفن من أعماق أرواحهن.

تفاجأن عندما وقفت أمامهن لأتأملهن، لأغوص داخل وجدان كل منهن من خلال عزفها وألحانها. ابتسمت لهن كي أخفف من ارتباكهن ولم أنجح، حيث مزقهن الخجل وتوقفن عن العزف. صفقت بيدي..

"براڤو!! من جد أروع عزف سمعته في حياتي"

توردت ليان وبالكاد سمعت تمتمتها:

"هذا من لطفك يا أستاذ حسام!"

"على فكرة أنا حسام! اسمي حسام من غير ألقاب! أصلاً ما أطيق كلمة أستاذ!"

"المعذرة يا سيد حسام"

"ما قلنا بلاش ألقاب.. تعالوا أوريكم الطرب على أصوله"

جلست بينهن على طرف النافورة، ذابت أكوام الخجل وتحولت لنهر من اللطف وخفة الدم، مرت بنا الساعات سريعة ونحن نعزف ونغني، تذكرت معظم الأغاني التي سمعتها في حياتي، عزفتها، وغنيتها معهن؛ من أغاني أم كلثوم وحتى أغاني أفلام الكرتون!

أعتقد أن كارلوس سانتانا سيتحطم نفسياً وأن إريك كلاپتون سيعتزل إن سمعا عزفي على الغيتار! لم أجرؤ طبعاً على طلب تعلم الغيتار من بيتهوفن، وإلا لحطمه على نافوخي. فعلاً لم أشعر بوقتي وأنا غارق في المتعة مع ليان وأخواتها، حتى بترت ملاك متعتنا فجأة! كانت واقفة أمامي مكتفة يديها وجمالها كله تحول إلى كتلة من الغضب.. والغيرة، لم ألاحظ أنا وجودها في البداية فقد كنت منهمكاً بالعزف والغناء إلى أن لاحظت ارتباك ليان وشلل لينا واصفرار وجه لين. رفعت رأسي نحو ملاك فقالت:

"学习中国呢？太棒了!"

طبعاً لم أفهم من رطنها شيئاً! فقط استوعبت أنها كانت عبارة غاضبة باللغة الصينية الكانتونية التي كان من المفترض أن أتقنها بدل أن أضيع الوقت مع ليان وأخواتها!..

ملاك لم تقرصني من أذني ولم تجرني بها إلى المصعد، ولكنني شعرت ضمنياً بالألم والشد في أذني، لم تستطع الحوريات حبس ضحكاتهن الخفيفة وأنا أتوجه إلى المصعد كطفلٍ سيتعرض للتوبيخ الشديد!

"يعـني حـضـرتك سـايب الشغل وجالس تتـزاغد مع
البنات؟! لا تنسى إن الوقت مو في صالحنا أبداً!"

قالتها بغضب ونحن في طريقنا إلى غرفتي..

"مو مشكلة!! أديني ساعة بس وأنا أتعلم لك فيها صيني
ولاوندي كمان!"

"كنت متوقعة!"

"متوقعة إيش؟"

"غرورك!"

"هذي اسمها ثقة في النفس!"

"هذي اسمها مكابرة! مو لايق عليك الغرور يا حسام!
أنا عـشقتك بـكل عيـوبك.. طـالـما روحك ما بتتغيـر
وتتكبر!"

"لا تقلبيها حِكم ومواعظ! خلاص أعترف بغلطي!"

"لحسن حظك السيد بروس يتكلم إنجليزي!"

193

"طب ما قلت لك من أول بلا شي الغلبة وخلينا نمشّيها بالإنجليزي أو جهاز الترجمة!"

"وأنا قلت لك إنه ما فيش أحسن من التفاهم مع الشخص بلغته الأصلية!"

غاصت في غرفة الملابس، وعادت بسترة رياضية صفراء، مزينة بخطين عريضين أسودين على طول أكمامها..

"تذكرت!!"

هتفتُ بها فأجابتني:

"تذكرت السيد بروس؟"

"لا! تذكرت إني إتحادي حتى النخاع! كيف عرفتِ إني إتحادي؟"

لا تزال غيرتها مشتعلة! لا ألومها! بصراحة لإشعال غيرة الفتيات لذة خاصة!.. أفضّل أن أتوخى الحذر حتى وأنا أفكر مع نفسي، لا تنسوا أنها تستشعر أفكاري وقد تنفجر في أي لحظة! ألقت بالملابس على وجهي وقالت بعصبية:

"عندك ثلاث دقايق! تغير ملابسك على بال ما أجيب السيارة من الموقف! لو تأخرت ثانية وحدة حألغي الموعد.. مفهوم؟!"

قالتها بلهجة آمرة لا تتماشى أبداً مع رقّتها ونعومتها.. ولكنها فاتنة حتى وهي في قمّة غضبها! لبستُ بسرعة خارقة ونزلت في اللحظة التي علا فيها هدير محرك سيارة شيفيللي ماليبو وظهرت مقدمتها الحمراء الطويلة تقودها ملاك التي لفّت على رأسها منديلاً حريرياً أبيض مزين بدوائر سوداء وارتدت نظارة داكنة كبيرة، كأنها إحدى ممثلات هوليوود في عزّ السبعينات.

"بتسوق وللا أسوق أنا؟"

"ما عندنا حريم يسوقوا!"

طفح الدي-إن-إيه المحلي من عبارتي تلك ولكنها أخذتها بمرح، فقفزَت من مقعد السائق إلي المقعد الذي بجواره، ركبت السيارة وانطلقت بها، آآآه ما أروع هذا الشعور، كم اشتقت لمقود السيارة! طار منديل ملاك وأنا أزيد من سرعتي، مالت هي علي وتشبثت بذراعي.. هل هو الخوف من السرعة؟ أم الحب واللهفة، لا يهم طالما ملاكي متعلقة بذراعي.

كل شئ في هذه السيارة كان كلا سيكياً، سقفها المكشوف، مقاعدها الجلدية اللّبنية، مقودها الخشبي.. كل شئ فيماعدا سرعتها، كانت جنونية!

تلك المدينة الهائلة التي غادرناها للتو لم يعد يظهر منها سوى طرف البرج المركزي في المرآة الخلفية للسيارة وانزلق بسرعة مختفياً خلف الأ فق.. وصلنا لأ طراف مدينة أخرى، قديمة مهجورة، وتوقفنا أمام مستودع كبير، كانت جدرانه المعدنية تردد أصوات ارتطامات عنيفة تصدر من الداخل، سحبت البوابة المعدنية الثقيلة فكشفَت عن مساحة هائلة خالية سوى من أحد أكياس التدريب على الملاكمة الضخمة معلق والسيد بروس بجسده الضئيل يركله بقدمه ركلات عنيفة متتالية.. ومن ينسى تلك الركلة الجانبية؟ نعم لقد تذكرته!!

"بروس لي!"

قلتها في اللحظة التي ارتطمت قدمه بالكيس، اخترقته كالقذيفة خرجت من الجهة الأ خرى وتناثرت الرمال وقصاصات الجلد والقماش التي كانت تملؤه في كل مكان، بقيَت قدمه معلقة سألني دون أن ينزلها.. ودون حتى أن يلتفت نحوي:

"من أنت؟"

"أنا؟.. أنا حسام سيد بروس!"

أنزل رجله بهدوء -أخيراً- واستدار نحوي وهو يبتسم..

"لم أسألك ما اسمك.. سألتك من أنت! من المستحيل أن يجهل الإنسان اسمه.. ومن الصعب جداً أن يعرف ذاته!.. كنت في انتظارك سيد حسام.."

تقدمت نحوه بحماس، وفجأة اخترقت بطني لكمة عنيفة ألصقت أحشائي بعمودي الفقري لجزء من الثانية قبل أن تغادر وتتركني أتلوى في ألامي، صرخت ملاك:

"سيد بروس! ما هذا؟"

"المعذرة يا سيد حسام نسيت أن أقول لك.. عندي لك عشرة دروس بسيطة كي تتعرف أكثر على ذاتك وتستخرج قدراتك الكامنة! والدرس الأول: أن تكون على استعداد.. دائماً!"

مدت ملاك يدها لتساعدني على النهوض، فقال بروس متهكماً:

"هل جئت إلى هنا لتتماوت أمام الفتيات؟"

أشار لملاك فتنحت جانباً، مد إلي يده أمسكت بها فسحبني نحوه بشدة، وباغتني بلكمة بيده الأخرى، ولكنني استطعت أن أمسك ذراعه في آخر لحظة فقال:

"لقد تعلمت الدرس الأول إذاً.. ممتاز!"

قالها وأطلق كوعه الصخري في وجهي فسمعت صوت فرقعة غضاريف أنفي وتدفقت دمائي. صرخت ملاك معترضة:

"سيد بروس!! ماذا تفعل؟؟!!"

"هل تودين أن تدربيه أنت؟"

"لا.. ولكن.."

"إذاً لا تتدخلي!!"

استغليت حواره القصير مع ملاك، فسددت لكمة انتقامية إلى وجهه، كنت سريعاً جداً.. جداً! ولكن وجهه الذي كان هنا منذ لحظة اختفى فجأة، وظهرت مكانه قدم هشمت ما تبقى من أنفي وبروس يقول:

"أنا منبهر جداً من سرعتك في التعلم! الدرس الثاني: السرعة تسعة أعشار القوة!"

لم أكترث بالآلام ولا بالدماء، وانقضضت عليه بشراسة ولكن ملاك بترت هجمتي بعبارتها الغاضبة:

"هذا يكفي!"

قالتها بصرامة وواصلت:

"شكراً لك سيد بروس! حسام هيا بنا نذهب!"

لن أقبل بالانسحاب! أبداً! اعترضتُ على ملاك:

"ملاك.. لن أغادر قبل أن أهزم السيد بروس لي!"

"تعجبني روحك القتالية يا سيد حسام! وهذا هو الدرس الأهم: روحك القتالية قد تضمن لك النصر قبل انتصارك، وقد تعلن الهزيمة قبل انهزامك! قد تضاعف قوتك.. وقد تضعفها!"

تقدمنا إلى منصة في منتصف المستودع، أرضية معدنية براقة طولها عشرون متراً وعرضها عشرة أمتار تقريباً وواصل:

"يجب أن تفوح روحك القتالية بشكل يريك خصمك ويسبب له الرعب! الفيل أقوى من الأسد، ولكن الأسد يفترسه بروحه القتالية! إن لم تبادر بافتراس خصمك بروحك من خلال نظراتك.. فسيبادر هو بافتراسك!"

تلاشت الإضاءة في المكان وتوهجت المنصة المعدنية عندما عبرناها فتحولت إلى محيط ثلاثي الأبعاد تعكس صورة جبال وأشجار وكوخ صيني، غيّر بروس تلك الخلفية بحركة يديه، لقد تذكرت! هذه خلفيات أكثر لعبة قتالية احترفتها في البلاي ستيشن!

استقر على خلفية أسطح ناطحات السحاب ثم هتف:

"ولكن!!"

قالـها فـصدرت فرقعة مزعجة وتـقدمت نحـونـا خـطوات ثقيـلة وظـهر من الظلام عملاق يـرتدي ملا بس حربيّة تـكاد تمزقها عضلاته المنتفخة، ذلك الشئ لا يمكن أن يكون بشرياً أبداً، طوله الذي يناهز المترين ونصف، بنيته الجسمانية، والأهم من ذلك حركته الآلية.. إنه يذكرني كثيراً بأحد المقاتلين في تلك اللعبة!

"اسمحوا لي بتقديم صديقي جاك الذي لا يـكترث بالروح القتالية، لأنه ببساطة لا يشعر بها ولا يحتاجها، يجب أن تهزمه يا حسـام قبل أن أتعارك أنا معك!"

أثارت تلك العبارة العملاق الآلي فضرب بقبضتيه على صدره وردد المكان صدىً مـعدنياً مزعجاً أرعبني وأرعب ملاك التي قالت:

"سيد بروس! أنت تعرف جيداً حسـاسية الموقف! هذه مخاطرة بحياة حسام يستحيل أن أقبل بها!"

201

"وهل تودين أن تصارعي جاك بنفسك كي لا يتعرض حسامك المدلل للخدش؟"

تدخلت أنا هذه المرة:

"سأتنازل مع جاك!!"

صرخت ملاك:

"لن أسمح لك!"

أنهى السيد بروس النقاش وقال:

"حسنٌ حسنٌ، سنقرر بـواسطة معركة بينكما! المنتصر هو الذي سيواجه جاك"

لم تمهلني ملاك الفرصة لأفكر! تناولت طرف ثوبها الطويل بين أسنانها وشقته كي لا يعـيق ركلاتـها، ووقـفت وقـفة قتالـية احترافية.. وظهر على الفور شريط هولوغرامي أخضر اللون يحوم فوق رأسها.. وظهر نفس الشريط المضئ فوق رأسي..

استوعبت أن هذا شريط القوة عندما أطلقت ملاك صرختها ولوحت بساقها بحركة دائرية تعـرّفَت من خلالها عظمة خدي على تفـاصيل كعبها الـعالي وقوته فتناقص ذلك الـشريط فوق رأسي! فعلاً أنا الآن في وسط اللعبة! أواجه مقاتلة أكثر شـراسة من القاتلة الآيرلندية ذات الدم البارد في تلك اللعبة!

ولكنني لا أتعامل مع أزرار هنا، وإنما أتعامل مع لكمات وركلات حية ومؤلمة! والأشد من ذلك أنني يجب أن أقاتل ملاك لكي أنقذها من المواجهة مع جاك! هذا أصعب موقف يمر بي منذ أن وصلت إلى هنا! بل أصعب موقف مر بي في حياتي! ملاك لم تضيع وقتها في التفكير مثلي هجمت علي وكالت لي بمجموعة من الـضربات المتتالية وتناقص خـطي الأخـضر وتحول لـلون الأحـمر دون أن أجرؤ عـلى لـمسها! فصرخ الـسيد بروس الذي جلس يراقب:

"هيا أجهزي عليه بالـضربة القـاضية.. فـجاك لا يطيق الانتظار!"

كانت حركاتها سريعة جداً مثل حركات تلك القاتلة المأجورة اللعينة في اللعبة!! نعم إنها نفس الحركات! أذكرها بتفاصيلها وتسلسلها! أستطيع حتى أن أستنبطها! بعد ركلة ساقها اليمنى ستدور حول نفسها وتوجه طعنة بكفها على صدري! انطلقت قبضتي لتعترض يدها فأمسكتها ولويت رسغها لأجبرها على الالتفاف.. سامحيني يا ملاك! أنا مضطر لذلك! أتذكر حركات المقاتل الذي يمثل شخصية بروس لي في اللعبة، أحفظ تنقلاتها عن ظهر قلب في أزرار البلاي ستيشن.. هل أستطيع تطبيقها في الطبيعة؟ هناك طريقة واحدة فقط للتأكد! سأجربها! سأجرب العشر ضربات المتتالية!! بدأتها! لكمتين، ركلة سفلية، ركلة علوية، ثلاث لكمات فولاذية متتالية، ركلة سفلية دورانية أخلت بتوازنها أعقبتها بلكمة غاصت في جسدها اللين ورفعتها للأعلى قليلاً لأجهز عليها بالركلة الجانبية الطائرة.. لقد اختفى خط ملاك الأخضر وظهرت K.O. ثلاثية الأبعاد عملاقة في وسط الساحة، هرعت إلى ملاك التي تكومت على الأرض بعد هجمتي العنيفة، رفعتها لصدري، سعلت بقوة وكذبت علي بصوت متهالك:

"حسام.. أنا بخير!، حسام أرجوك وقف!! أرجوك!!!"

قاطعنا السيد بروس بصفقة بطيئة وهو يقول:

"براڤو! لقد أثبتّ أنك أقوى من الفتيات يا سيد حسام.. هل تعلمت الدرس الرابع؟ ملاك هي نقطة ضعفك! لم تستطع أن تواجهها فكادت أن تقضي عليك! لو كانت لديك نقطة ضعف تخسر نصف المعركة! ولو عرفها عدوك تخسر المعركة بأكملها! لتكسب معركتك يجب أن تحيل نقطة ضعفك لنقطة قوة! ونقطة قوة عدوك لنقطة ضعف تستخدمها لهزيمته!!"

حملتُ ملاك إلى خارج الحلبة.. قبلتها بين عينيها قبلة أنستها آلامها وفجرت بداخلي حمم الغضب:

"رح أفوز يا ملاك! مستحيل أحد يهزمني! تعرفي ليش؟ لأني رح أحارب عشانك يا ملاك!"

قلتها والتفت للحلبة صرخت:

"جاك استعد! سأرسلك الليلة إلى مستودعات الخردة التالفة!"

أظن أن العملاق الذي تبدو عليه البلاهة الثلجية فهم عبارتي وعبّر عن غضبه منها بقفزة مرعبة نحوي، لحسن الحظ كنت أسرع منه فقفزت جانباً ليسقط بثقله على الأرض، في نفس اللحظة ظهرت الخطوط الخضراء فوقي وفوقه، استغليت معافرته للنهوض فقفزت عالياً وهبطت بكامل ثقلي بركبتي على ظهره، لم ينقص خطه الأخضر سوى بجزء يسير، بينما تفرتكت ركبتي من الألم! وقف فجأة ففقدت توازني وسقطت عن ظهره، فأرسل قدمه الفولاذية التي غطت كامل صدري وبطني وطرت لعدة مترات إلى الخلف ورأيت نصف خطي الأخضر يتلاشى مع تلك الركلة! وشعرت باهتزاز الأرض وهو يركض نحوي! ضربة أخرى كهذه كفيلة بإنهاء المعركة لصالحة، لا! لن تنتهي لصالحه! أبداً!! من أجل عيونك يا ملاك!! لم أهب بسرعة، تركته يقترب، وفي آخر لحظة قفزت.. أو بالأحرى: طرت! تشقلبت حوله، وفي أجزاء الثانية التي قضيتها في الهواء أجريت تحليلاً مسحياً له، نقطة ضعفه هي منطقة التقاء رقبته بأكتافه، المنطقة الوحيدة التي لا تغطيها الصفائح وتبرز منها الأسلاك أثناء تحركه!

تلك الأسلاك هي الشئ الوحيد الذي يمكنني تمزيقه في هذا
الآلي المصفّح! اتخذت قراري في جزء الثانية الذي تلاه فهبطت
على ظهره من الخلف! امتطيته! تشبثت برقبته وملابسه! لم
يستطع أن يصل إلي بيده! تحركت بسرعة فاستجمعت قوتي
وإصراري وغضبي في كفي الذي أطلقته في طعنة كالسيف في
جانب رقبته، توغلت بين مجموعة من القضبان والأسلاك
المعدنية وشعرت بعظام كفي تتهشم بينها ولكنني لم أبالِ! نبشتها
وانتزعت مجموعة منها، فأصدرت إحدى عينيه فرقعة مكتومة
وتصاعد منها الدخان، وثار الثور وترنح من تحتي وأنا متشبث
بعنقه، بالرغم من الآلام الرهيبة في كفي غرستها مرة أخرى في
رقبته لأحطم المزيد من الصفائح وأنتزع المزيد من الأسلاك، قرر
الخرتيت أن يلقي بنفسه للخلف ليدهسني تحت أطنانه
الفولاذية، ومرة أخرى كسبت معركة السرعة، فقفزت في الوقت
المناسب.

راقبت جسده يهوي وأنا في الهواء، كان عقلي يعمل بسرعة
جعلتني أشاهد التفاصيل بالحركة البطيئة، هبطت بثقلي هذه
المرة على المكان المناسب.. على نقطة ضعفه!

سقط فارتطم رأسه بالأرض وهبطت أنا بثقلي على القضبان البارزه في رقبته فتهشمت وغاصت قدمي داخلها وأصدرتُ صرخة بروس لي الساحقة التي شاهدتها مراراً في أفلامه، تلاشى الخط الأخضر من عليه وظهرت عبارة K.O مرة أخرى. التفت إلى السيد بروس وقلت بتهكم وأنا أتحسس قبضتي التي تتمزق ألماً:

"جاك بحاجة للكثير من قطع الغيار! ستضطر لشراء ثوراً آلياً جديداً سيد بروس!"

"أحب حسك الفكاهي، يرفع من روحك المعنوية والقتالية، ولكن ذلك لا يكفي!"

قالها وخلع قميصه وهو يقترب مني.. شد عضلاته فتيبست وتقسمت وبرزت بين كل عضلتين في جسمه عضلة.. كأنه تمثال من البرونز! وظهر فوقه الخط الأخضر الذي لا أعلم إن كنت سأستطيع زحزحته! بالذات وأنا بهذه الحالة المزرية بعد معركتين شرستين.. لا لا لا.. لن أنهزم معنوياً سوف أسحقه! وإن يكن بروس لي!

عـضلاته الـصخرية أغرتـني فانطلقت بركلة جانبـية طائرة نـحو صدره مباشرة، ولكن البرونز تـحول فـجأة إلى زئبق فتنحى من أمامي بسرعة وسهولة، وعاد البرونز ليرتطم بظهري ويطيح بي على وجهي ويلتهم جزءاً كبيراً من خطي الأخضر، وبروس يقول وكأنه قرأ أفكاري:

"هذا صحيح! الدرس الخامس: يجب أن تكون مرناً كالزئبق، صلباً كالفولاذ.. ولكنك لن تنتصر علي في معركة السرعة.. أبداً!"

سأطبق الحركات المتتالية التي أحفظها عن ظهر قلب، بدأتها.. وندمت! تفاداها بكل سهولة.. كان يعرف توقيتها بدقة، ضاعت كلها في الهواء، وفي اللحظة التي أخفقت فيها ركلتي الدورانية في إصابة وجهه، سدد إلي لكمة مدمرة، حاولت عبثاً صدّها ولكنه لف ذراعه بمهارة حول ذراعي وكاد يكسر كوعي وهو يعيق حركتها فبادرته بلكمة من يدي الأخرى، كانت خطوة حمقاء لأنه ثبّت يدي الأخرى أيضاً بنفس الطريقة فأصبحت مكبل الحركة ووجهي أمام وجهه مباشرة، نظر إلي وأنا أحاول إخفاء آلامي:

"أنت تقلد حركاتي يا حسام! الدرس السادس.. من الحماقة أن تتوقع هزيمة عدوك وأنت تقلده، وأنت تتبع حركاته وأسلوبه، لا بد أن تفاجئه بأسلوبك أنت، لا بد أن تبتكر ألف حركة في كل مرة يكتشف هو إحدى حركاتك!"

هوى على أنفي الذي لا زال ينزف بجبهته فتفجرت المزيد من الدماء ولم يمهلني لأستوعب آلامي فهوى بجبهته مرة أخرى لتحطم صف أسناني. تحول شريطي الأخضر للون الأحمر.. همّ لينهي المعركة بالضربة القاضية بجبهته، ولكنني استخدمت ضعفي وقوته لقلب الموازين! مع انطلاقة رأسه نحو أنفي وفمي بصقت دمائي وأسناني على وجهه بقوة فتفاجأ، وأفلت يدي ليفرك عينيه التي غطتهما دمائي وارتطمت بها أسناني، لم أمهله ليستوعب الموقف فقفزت عليه ووجهت مسكتي الخطافية نحو عينية مباشرة، أحسست بكرتي بؤبؤيه الرخوتين تحت سبابتي وإبهامي، هذا هو الشئ الوحيد الرخو في جسمه، كدت أن أفقأهما وأنا أصرخ:

"استسلم يا بروس لي! استسلم!!"

أعتــقد أنه من الجــنون أن أطالب شخــصاً كبروس لي بالاستسلام.. خطه الأخضر تناقص مع ضغطي على عينيه، ولكنه استطاع أن يسدد ضربة إلى يدي اليمنى أجبرتني أن أفلت إحدى عينيه، ولكن تلك الحركة جعلتني أتشبث أكثر بعينه الأخرى وازداد ضغط إبهامي على بؤبؤه.. هذا البؤبؤ هو أملي الوحيد في هزيمته، بالذات وشريطي لم يبق فيه سوى شعرة واحدة ستختفي بمجرد أن يلمسني.. وهذا الذي حصل.. صرخ صرخته الشهيره وهو يضرب ذراعي المتشبثة بعينه تراجع نصف خطوة للخلف واندفع بركلته الجانبية نحو صدري تماماً بالرغم من أنه لم يفتح عينيه بعد، حاولت تفادي تلك الركلة، ولكنني لم أكن أكثر حظاً من وسادة التمرين.. طرت للخلف فتلاشى خطي الأخــضر وظــهرت عــبارة K.O. معلنة انتصار بروس لي.. قام السيد بروس ولا زال يفرك عينيه من شدة الألم، هبّت إلي ملاك لتتفقد ما تبقى من ملامح وجهي وعظامي.. فقال السيد بروس بنبرة لا تخلو من الغبطة وهو يمد يده ليساعدني على النهوض:

"لقد أدهشتني فعلاً يا حسام!"

211

ابتسمت ابتسامة ساخرة تفتقر إلى صف أسناني الأمامي وأنا أقول:

"لقد دفعت كل عظمة في جسمي ثمناً باهظاً لتحقيق تلك الدهشة.. وفي النهاية هُزمت هزيمة نكراء!"

"ومن قال أنك هُزمت؟"

"اسأل هذه الـ K.O. القبيحة!"

"ولكن ابتسامتك الساخرة تثبت العكس.."

"أتمنى أن تكون ابتسامتي ابتسامة نصر حقيقية المرة القادمة.. وبوجود أسناني!"

"الابتسامة الساخرة سلاح ذو حدين، تنصرك إذا انهزمت، وتهزمك إذا انتصرت! اسمع يا حسام.. المعركة كانت معركتك بامتياز! لقد أخطأت أنت لأنك لم تفقأ عيني مباشرة!"

"اسمح لي أن أستنبط الدرس السادس: من البلاهة أن تفوت أي فرصة!"

"من البلاهة أن تتعشم أنك ستحظى بأكثر من فرصة! أنت كنت تقاتلني بصفتي بروس لي، بكل ما يعنيه بروس لي في وجدانك.. مقاتل لا يُقهر، وبطل لم تكن تحلم أن تلقاه؛ لو أنك اعتبرتني خصماً حقيقياً لما ترددت في اقتلاع عيني وكسب المعركة، وأنا أعترف أنني قمت باستغلال هذه النقطة لأبعد حد، كنت متأكداً أنك ستتردد.. لولا ذلك لكنت استسلمت على الفور! وهنا يأتي الدرس السابع"

نظر إلي بعد أن توقف عن فرك عينيه اللتين تحول بياضهما للون أحمر دامٍ بسببي:

"الدرس السابع هو أن تنهي المعركة بأقل خسائر ممكنة! أكثر معركة رابحة هي التي تنتصر فيها دون أن تخوضها! فالعدو يتلاشى إن حولته إلى صديق! وأكثر معركة خاسرة هي التي تفقد فيها كل شئ حتى لو انتصرت فيها! فعدوك قد يدمرك وإن استطعت هزيمته!"

"ومع ذلك لا بد أن نستعد لكل معركة.. بكل قوة!"

"الانتصار ليس للأقوى.. وإنما للأجدر.. لا أستطيع حصر المرّات التي واجهت فيها من هم أقوى مني.. وهزمتهم.. لقد هزمتني اليوم يا حسام!"

"سأعتبر هذه مجاملة من ملك الفنون القتالية"

"أنا غادرت عالمكم قبل حتى أن أبدأ مشواري.. قبل أن أحقق معشار ما أطمح إليه!"

"ومع ذلك تظل أنت الأسطورة يا سيد بروس لي!"

"هل تعلم من أكثر شخص أدين له بالفضل في كل هذا؟"

"هل تلمح لإيب مان؟ الأسطورة الذي بدأ بتعليمك فنون القتال؟!"

"تعرف عني الكثير يا حسام، ولكن الفضل الحقيقي يعود في المقام الأول إلى من جعلني أقرر الذهاب إلى إيب مان وأهتم بالفنون القتالية"

قتلني الفضول لأعرف من هو ذلك العظيم الذي ألهم بروس لي،
ولكنه قبل أن يفصح عنه ألقى بدرسه الثامن:

"اسمع يا حسام، كل عظيم اكتشف نفسه في لحظة..
لحظة تجسدت في كلمة، أو نغمة، أو ضحكة، أو دمعة،
أو نظرة.. العظمة الكامنة في دواخلنا تستيقظ في
لحظة.. من يستحق تلك العظمة فعلاً لا يسمح لتلك
اللحظة بأن تمر دون أن تغير حياته.. حياتي كلها تغيرت
في اللحظة التي تلقيت فيها أول صفعة!"

"صفعة؟!"

"نعم.. صفعة تلقيتها وأنا صبي لم أتجاوز الثالثة عشرة،
لم أستطع أن أدافع عن نفسي، لم أستطع أن أردها،
وأمضيت بقية حياتي أعمل جاهداً كي لا أتلقى صفعة
أخرى"

عقلي لا يكاد يستوعب أن هناك من يستطيع صفع بروس لي
الرجل الحديدي الذي لا يُقهر.. بترت حديثي مع نفسي عندما
قال:

"أنا مدين لذلك الوغد الذي صفعني!"

"المواهب دائماً تتلقاها الصفعات، فتقوم بتفجيرها إن فشلت في تدميرها.. لقد فاتتني الكثير من الصفعات، ولن أسمح بتفويت المزيد! استوعبت الدرس الثامن سيد بروس سأصبح مقاتلاً لا يُشق له غبار!"

"الفنون القتالية ليست بالقوة والحركات والعضلات، الفنون القتالية بالسيطرة على طاقة الجسد والروح وإطلاقها غريزياً بحكمة وتحكم! أن يتحدث جسدك بنفس المرونة والطلاقة والتلقائية التي يتحدث بها لسانك!"

"هل هذا هو الدرس التاسع؟"

"الدرس التاسع يا حسام هو أن هذه الدروس وهذه الفنون ليست قتالية فحسب.. وإنما حياتية! هل تتذكر كم مرة في حياتك خضت معارك جسدية؟"

"مرتين أو ثلاث أثناء الطيش الدراسي"

"من الحماقة أن تتعلم القتال من أجل معارك صبيانية! المعترك الحقيقي هو معترك الحياة! يجب أن تخوضه بروحك القتالية العالية وتحول تلك الفنون إلى مهارات حياتية تواجه فيها ظروفك مهما باغتتك! فنون القتال فلسفة تستخدم فيها كل طاقاتك وإمكانياتك لتتعرف على ذاتك وتتمكن من السيطرة عليها والتعبير عنها والتعامل بها مع مصاعب حياتك"

تصاعد الحماس في عروقي مع ارتفاع منسوبات الأدرينالين، فأجبته بكل ثقة:

"أعتقد أنه آن الأوان لظهور أسطورة قتالية جديدة!"

"أتمنى أن تنجح تلك الأسطورة في خلق المزيد من الأساطير! من الأنانية أن تقيس نجاحك بما تحققه أنت، النجاح الحقيقي يكمن في المدى الذي سيبلغه تأثيرك، والأشخاص الذين ستغير حياتهم!"

"هذا هو الدرس العاشر والأهم!"

أخذت بيد ملاك، ابتسم لي السيد بروس وودعني قائلاً:

"العاشر، وليس الأخير.. سوف تكتشف باقي الدروس بنفسك يا حسام"

غادرنا المستودع وعادت أصداء ركلات بروس لي الجانبية تهز المكان، ودروسه القتالية تهز عزيمتي ووجداني.

هُناك

(9)

إلا أمي!

إبراهيم عباس

الـموت هو أكثر ألغاز الحياة غمـوضاً.. وأكثرها واقعية
في نفس الوقت، الـموت هو أكبر دافع للحياة! فنحن نتشبث بها
بكل عناد.. خوفاً منه! وهو أيضاً أكبر عائق في الحياة! فنحن لا
نـستمتع بمغامراتنا فيها.. خشية مـنه! الآن أيقنت أن كل ذلك
مـجرد هاجس فطري، الـرعب من الـموت غريزة كأي غريزة
حيوانية متأصلة في أعماقنا فقط ليستمر نسلنا! ومن يعترض
منكم على كلامي فليتخيل نفسه في تجربة كتجربتي حيث يعتبر
الـموت هو الأمل الوحيد في العودة للحياة، عندها سيصبح غاية
يسعى لتحقيقها! الـموت أيها الـسادة لـيس إلا مرحلة حتمـية،
نخشاها لأننا نجهلها، تُـنسينا ما قبلها فور مرورنا بها!

"آيسكريم!"

أو بالأصح: "آيثكريم!"..

هـكذا كسرت حاجز الصمت ونحن في طريق العودة حيث كانت
ملاك تـقود الـسيارة وقد غـطت عيـنـها المتـورمة من لكـماتي
بنظارتها الـسوداء، بينـما ألقيت عظام جسدي المحطمة على
الكرسي بجوارها، وتناولت دفتري الذي لم يتمزق أثناء المعارك
العنيفة لحسن الحظ!

221

حاولت أن أدون دروس بروس لي بالأ صابع التي لا أزال أمتلك القليل من القدرة على تحريكها في يدي اليسرى، وبخط ينافسني تهالكا.. تعجبت ملاك من عبارتي فسألتني:

"آيسكريم؟ نفسك في آيسكريم؟"

"ايوه، عشان آلام أثناني!"

ضحكت وهي تنحرف بالسيارة نحو الكورنيش حيث تراصت المقاهي ذات الطراز الأوروبي العتيق وقالت متهكمة:

"ولا يهمك.. دحين أثوف لك أحلى محل آيثكريم!!"

دخلنا أحد تلك المقاهي، قُص وألصِق من قلب ميلانو في أواسط القرن الماضي، بالإ ضافة إلى الطاولات والكراسي الخشبية، تراصت أحواض الآيسكريم بشكل نصف دائري ووقفت في منتصفها فتاة تفاجأت عندما دخلنا، ظننت أنها تفاجأت من آثار المعارك العنيفة التي خضناها، ولكنني اكتشفت أنها كانت دهشة السعادة لوجودي أنا بالذات، وذلك عندما هتفت بحماس:

"سيد حسام شخصياً هنا؟ لا أصدق!"

من الأ شياء التي افتـقدتها ـ في عـالـمي.. رؤية الفتـيات ذوات الجمال الـمحدود والمعقول! أفتقدهن بشدة! فمنذ أن طبّت قدمي هـنا وأنا أصعق بجـمال كل فـتاة أراها! أنهـكت مـشاعري بالومضات المتتالية! جاملتها بابتسامة ومزحة عابرة:

"أنا حـثام حاف.. بدون (ثـيد) وبدون (ثخـصياً) حـثام وبث! بلحمه وثحمه وعظامه المكثرة"

لا أعلم إن كانت الحسناء الميلانية قد تبسمت بسبب دعابتي أم بسبب لدغتي، ولكني متـأكد أن استظـرافـي لم يرُق أبداً لملاك فتركتني بعد أن كانت تسندني على كتفها ليختل توازني قليلاً وأتكئ على النافذة الزجاجية الباردة التي تفوح من خلفها روائح الفواكه وجميع نكهات الآيسكريم التي يمكن أن تخطر بالبال! سحقاً لعلبة الباسكن روبنز التي كنت أدفع عليها ثروة من مكافأتي ولا تلبث أن تتلاشى قبل حتى أن تكمل معدتي مراسيم استقبالها! اقتربت مني بابتسامة ودودة وقالت:

"تحب كاسة وللا بسكوتة؟"

في هذه اللحظة بالذات أنا بأمس الحاجة إلى طقم أسناني، أظن أنهم أطلقوا على (السن) هذا المسمى الدقيق لارتباطه الوثيق بحرف (السين) الذي يستحيل علمياً أن يتم نطقه في غياب طقم الأسنان الأمامي! المشكلة أنني لم ألاحظ هذه الجزيئة الحرجة إلا عندما حاولت عبثاً أن أجبر حرف السين أن يخرج من بين لثتي ولساني وأنا أقول:

"لا كاثة طبعاً! بلاث بثكوتة عثان أثناني!"

جاهدت المسكينة لحبس ضحكتها مع منظر أسناني المتهشمة وتدفقت تلك الضحكة المكبوتة في دماء وجهها وأجبرته على ارتداء وشاحه الخمري رغماً عن سماره؛ ولكن ملاك لم تحبس ضحكتها فأطلقَتها بأعلى صوتها، انتقاماً لغيرتها مني وقالت:

"ثويله تثكيلة على ذوقك.. وحطيها في كاثة!"

جلست بجوارها، تلاشت غيرتها وبدأت تتفحص يدي المصابة وضلوعي وركبتي بمهارة وقالت بدهشة ورعب:

"عظامك اتكسرت من جد!! معقول منت حاسس بآلام؟"

"طبعاً حاسس بشوية آلام"

"شوية آلام؟ اللي في مكانك مستحيل يستحمل الألم!"

"طب قولي ماشاء الله!!"

قاطعتنا حسناء الآيسكريم وهي تضع أمامي كأس.. أو بالأصح قدح.. أو بتعبير أكثر دقة: طنجرة الآيسكريم! وعاء زجاجي ازدحمت بداخله كرات الآيسكريم، وازدحمت النكهات الرائعة خارجه، تزينه تشكيلة من التوت بأنواعه، راسبيري، بلوبيري، بلاكبيري.. وكل شئ ينتهي بكلمة (بيري)! غاصت في زوبعة من الكريمة السحابية، أنست أنفي رائحة الدماء وأعادت الحياة لأصابعي المهشمة، فغطست في تلك الطنجرة ولم ألتقط أنفاسي إلا بعد أن تلاشت آخر حبة بيري!

"رح ألغي الموعد مع السيد لوكاس والدكتور غينزو"

"ليش؟"

"ليش؟! منت قادر توقف وتقول ليش؟!"

"عادي! نسيتي كيف اتعافيت بسرعة المرة اللي فاتت؟"

"المرة اللي فاتت كانت شوية رضوض، دحين عظامك كلها مكسرة وعضلاتك متمزقة، تحتاج ثلاثة أيام على الأقل عشان تتعافى وترتاح!"

"أصلاً أنا مابقي لي هنا غير يومين!"

تغير وجه ملاك عندما قلتها، اكفهر!.. وقالت باقتضاب..

"عشان كذا لازم تتعالج بسرعة! يللا نرجع"

عدنا إلى جناحي، تعكزت على ملاك طوال الرحلة، إلى أن غطستني برفق في المسبح المصغّر بعد أن ضبطَت بعض الإعدادات لتتحول مياهه إلى مياه علاجية ساخنة مشبعة بالأملاح والمعادن تتدفق بقوة وتفور كالحمم من مضخاته. جهزت لي بعد ذلك ملابسي الجديدة وتخلصت من ملابس بروس لي التي تمزقت وتلطخت بدمائي. استلقيت على السرير بعد تلك الغطسة وبدأت ملاك في فحص كل عظمة في جسمي وإعادتها إلى وضعها، عظام يدي المتهشمة، ضلوعي المحطمة، أسناني التي ابتلعت بعضها وتركت بعضها للسيد بروس كتذكار، أنفي.. أو ما تبقى منه، وجنتي التي حملت توقيع كعب ملاك الأنيق!

ولـكن جـسدي كان يتمـاثل للـشفاء بـسرعة خـارقة، أكاد أشعر بعظامي وهي تـلتئم مع ضغطات أنـامل ملاك، شعرت بأطراف أسناني الجـديدة التي بدأت بالظهور مـكان أسناني المحطـمة. ناولتني مجموعة من الكرات الشفافة.. كريستالات منمنة ملونة:

"افتح فمّك يا حسام"

"مخدرات؟"

"تقريـباً.. رح تريـحك من الآلام وكـمان فيـها شوية بروتينات وفايتامينات هامّة"

ابتلعتها مع رشفة من القهوة المثلّجة التي أعدّتها لي، وقبل أن تستقر تلك الكرات في معدتي.. دوى الانفجار!

انفجار مفاجئ مكتوم.. انهار على إثره كل شئ من حولنا، ولكن عقـلي كان أسرع من الانفـجار والانهـيار. لم أهـتم بتعـرضي للخـطر، فـأنا لا أزال أعـتبر هذا المـكان مـجرد حـلم يحبـسني والـموت فيه غايتي كي أعود لعالمي.. لأختي.. وأمي، ولكنني مع ذلك أصبت بالهلع من أجل ملاك!

قبل أن ينقضي جزء الثانية الأول كنت قد أحطتها بين ذراعي لأحميها من الشظايا، القباب الكرستالية تحطمت وتحولت لخناجر حادة تتساقط فوق رؤوسنا مباشرة! شعرت ببعضها ينغرس في ظهري وأنا أندفع بملاك بكل قوتي نحو الشرفة محطماً زجاجها. فقدت توازني والبرج ينهار، وانزلقت على أرضية الشرفة الزجاجية التي بدأت تتهشم هي أيضاً، وقبل أن أصل لحافتها ألقيت نظرة خاطفة على أكثر نقطة يقترب فيها المجرى المائي من الطريق الصخري، ثنيت ركبتي وأحكمت تطويق ذراعي حول ملاك بحيث أحتوي جسمها بقدر الإمكان، وانطلقت في الهواء نحو المجرى المائي؛ استدرت نصف استدارة ليتلقى ظهري السقطة بدلاً منها، لا أعلم إن كانت قفزتي ستوصلنا للماء أم ستحطمنا على الصخور. اخترقت سطح المجرى المائي بقوة من ذلك الارتفاع الشاهق، لم تنجح المياه في امتصاص كامل الصدمة فارتطم جسدي بكل عنف بقاعه الصخري.. الآن أشعر بالألم.. هذه المرة ألم حقيقي لا يطاق! تهشمت عظامي المتبقية، تغلغلت القطع الزجاجية في ظهري، وتدفقت المياه لتملأ رئتي، واظلمت الدنيا مرة أخرى أمامي. وظهرت هي مرة أخرى..

لم أرَ غيرها في الظلام.. أمي! رأيتها تعاتبني:

"حسام! أنا مو قلت لك ترجع بدري عشان توصلني الزواج؟ الساعة قربت إثنعشر!!"

"يا ماما إنتِ عارفة زحمة الطريق و.."

"زحمة الطريق وللا لعب البلوت والبلاي ستيشن؟؟!! يللا بسرعة يا دوب ألحق الزفّة!"

بدأت صورتها بالتلاشي وهي تقول:

"دايماً تتأخر علي يا حسام.. دايماً!"

تدفق الهواء في صدري، ليطرد الموت ويبعث الحياة، ليقطع ذلك الحلم الذي أخذني لذكرياتي المفقودة، ويعيدني إلى هذا العالم! نفحة هواء بثتها ملاك من رئتيها لرئتي مباشرة.. جعلتني أسعل بشدة وأنا أستعيد وعيي..

"حسام؟ حسام!! الحمدلله! الحمدلله!!"

"أنا فين؟ رجعت لعالمي وللا لسا؟"

لم تجبني، فقط ضمتني لصدرها بقوة وانهارت باكية..

قلبتني على بطني كي أواصل سعالي وأتخلص من المياه في رئتي بينما جالت هي بيدها على ظهري تحاول إخراج قطع الزجاج، ولكنها كانت تتزلق بسبب المياه والدماء فما لبثت أن بدأت بانتزاعها بواسطة أنيابها وأضراسها وأنا أتلوى من شدة الألم. لأول مرة أرى الظلام في هذا العالم، تلبدت السماء بغيومٍ حالكة انتقمت من ضياء الأيام الماضية، وانهالت الأمطار فوقنا بعد أن عجزت وريقات الشجرة التي وسدتني ملاك تحتها عن حمايتنا منها، صمّ الرعد آذاننا، شاركه هدير طائرة نفّاثة ظهرت في الأفق وشقت طريقها بسرعة بين تكتلات السحب نحونا فلوحت لها ملاك بقوة، دارت المحركات المثبتة على جناحيها نصف دورة لتصبح بوضع رأسي وتسمح لها بالهبوط عمودياً، حملتني ملاك بين ذراعيها، من يتخيل أن ملاكاً بهذه الرقّة بمقدورها أن تحمل جثتي بكل سهوله، فُتح باب الطائرة وبرزت منه عدة عتبات، وعادت الطائرة للتحليق فورما اجتازتها ملاك بحملها. لم يكن هُناك قائد للطائرة، كانت تُدار آلياً فقط ظهرت صورة السيد لوكاس على الشاشة الأمامية فابتدرته ملاك وصوتها لم يتخلص بعد من آثار بكائها:

"خشيت أن لا تعثر علينا سيد لوكاس"

"حمداً لله على سلامتكما، ستصلون المقر الجديد بعد
ثلاث دقائق"

لم تمضِ تلك الدقائق حتى برزت في الأفق جزيرة صغيرة
يتوسطها مبنى زجاجي من طابقين استقرت الطائرة في مكانها
المخصص فنزلنا تسندني ملاك، تقدم إلينا السيد لوكاس
الإفريقي الوقور الذي يرتدي بدلة أنيقة بربطة عنق حمراء،
ونظارة سميكة، تقدم إلينا مرحباً وتناول ذراعي ليسندني مع
ملاك وقال بلهجته الأمريكية:

"سيد حسام، مرحباً بك في مقرّك الجديد!"

ذلك الرجل.. رأيته من قبل!! يذكرني بسمرته وشيبه ووقاره
بأحد أشهر الممثلين في هوليوود. توجهنا إلى غرفة مكتظة
بالأجهزة، كأنها غرفة عمليات في أحد أحدث المستشفيات،
وضعاني على السرير في وسطها وقال السيد لوكاس:

"أعددت لك برنامجاً تدريبياً متكاملاً ولكن استجدت
بعض الظروف الطارئة!"

أجابته ملاك بنفس التوتر:

"حسام في حاجة للعلاج الآن"

"وهذا الذي سنبدأ به"

نزع سترتي وثبت عدداً من المجسات في مختلف أنحاء جسمي وثقب ذراعي بإبرة ثبت فيها أنبوباً متفرعاً لأكثر من اسطوانة، شهقت ملاك عندما لاحظتها وقالت:

"سيد لوكاس.. هذه.."

"نعم هذه جرعات مكثفة لمحفزات إنزيمية، وخلايا أولية، وعوازل عصبية"

"لا لا سيد لوكاس، أرجوك جسم حسام لن يتحمل كل هذا وهو بهذه الحالة!!"

"بل سأستحمل!"

لا أعلم إن كنت قلتها عناداً أم تحرزاً للمزيد من المخاطر التي تحتاج إلى جسدٍ يرفض نقل شعور الألم إلى دماغه.

لقد كانت تلك الجرعة بحد ذاتها مؤلمة.. جداً! شعرت بالحمم تتدفق من ذراعي عبر عروقي إلى باقي جسمي، لم أستطع كتمان صرخاتي وملاك تعتصر كفي وتبكي علي. فقدت وعيي مرة أخرى، كم تمنيت أن لا أفيق إلا بعد انقضاء اليومين كي أعود إلى عالمي -إن كنت فعلاً سأعود إليه- وأطمئن على أمي وأختي.

فتحت عيني واعتدلت في جلستي فجأة، لا أشعر بأية آلام، كل ما أشعر به هو أنني نمت لفترة طويلة جداً، كانت كفيلة بشفائي تماماً، أو أن العوازل العصبية نجحت في إلغاء إشارات الألم التي تصدرها كل قطعة في جسدي.. تجاوزت البوابة الزجاجية إلى ساحة شاسعه تتوسطها عشرات الشاشات ثلاثية الأبعاد وملاك والسيد لوكاس يراقبانها بكل اهتمام وتوتر، التفتت إلي ملاك فهرولت نحوي تحاول أن تتلقفني قبل أن أقع:

"حسام! مستحيل! كيف صحيت؟!"

أنزل السيد لوكاس نظارته السميكة على أنفه ليتأكد مما تراه عيناه:

233

"مدهش جداً، توقعت أن لا تستيقظ قبل عدة ساعات أخرى!"

واصلت مشيتي المترنحة من أثر الدوار الذي يعصف بي، لم أشأ أن أثقل كاهل ملاك بالاتكاء عليها مرة أخرى:

"أتمنى أن لا يكون قد فاتني الكثير أثناء نومتي الثقيلة"

"نومتك الثقيلة ما تجاوزت ثلاث ساعات يا حسام، كان المفروض تنام أكثر!"

قالتها ملاك ثم واصلت حديثها للسيد لوكاس الذي قاطعته أنا بدخولي:

"سيد لوكاس، حسام تعرض للقتل أكثر من مرة، وكل مرة أعنف من التي قبلها! لا أعلم متى وأين ستكون المحاولة القادمة، حتى السيد بروس كاد أن يقتله باستخدام أحد رجاله الآليين!"

"كان بروس سيتدخل لإنقاذ حسام لو تعرضت حياته للخطر من قبل الآلي، ولكنني أتفق معك، فحسام يواجه خطراً حقيقياً!"

234

"لقد توقعت تدخلهم لم أكن أتخيل أن يصل بهم الأمر لتفجير البرج بأكمله! كنت أنوي أن ألغي البرنامج التدريبي للحفاظ على حياة حسام، ولكن طائرتك وصلت في الوقت المناسب لحسن الحظ!"

لم يرفع السيد لوكاس عينيه عن الشاشات التي أمامه، ولم يخف نبرة التوتر المتصاعدة في صوته وهو يجيب ملاك:

"هم لا يجرؤون على أعمال بهذا العنف، ولكنهم استعانوا بعقلية لا تعترف بأي منطق أو قوانين لتحقيق غايتهم في أسرع وقت!"

"حسام يجب أن يبقى هنا إلى أن تنتهي المدة!"

"أخشى أنهم لم يتركوا لنا هذا الخيار أيضاً"

قالها ومرر يده أمام الشاشات فظهرت عليها صورتها! صورة آخر إنسانة يمكن أن أتخيل وجودها هنا.. صورة.. أمي!

كانت تجلس مكبّلة على كرسي تبكي، ترتدي نفس العباءة التي كانت ترتديها في آخر مرة رأيتها فيها.. آخر حدث عشته في حياتي كان لحظة توصيل أمي لحفلة الزفاف، لا أذكر أي شئ بعدها؛ عادت تلك اللحظة بتفاصيلها لتملأ ذاكرتي، فجر السبت، الأول من شهر نوفمبر عام ألفين وأربعة عشر.. تأخرت في إيصال أمي إلى قاعة أماسي للأفراح في حي الجامعة.. وبعدها.. لا شئ! فقط وجدت نفسي هنا!

كانت أمي تبكي ويقف خلفها رجل توحي ملامحه وهيئته إلى شيئين: أنه مختل عقلياً، وفي نفس الوقت لا يعير الحياة أي اهتمام! يرتدي بدلة تضاربت ألوانها الفاقعة، ولطخ وجهه بمساحيق بيضاء وشفاهه بلون أحمر قبيح وصبغ شعره بلون فسفوري مستفز.. يحمل مسدساً ضخماً يضغط به على خد أمي ويعد:

"ثمانية وتسعون – تسعة وتسعون – مائة – مائة وواحد – مائة واثنان.."

صرخت بأعلى صوتي وكأنه سيسمعني:

"لو لمستها حاقطعك يا كلب!!"

236

واصل الحقير عدّه باستهتار:

"مائة وثلاثة – مائة وأربعة – هيا يا حسام بسرعة..
مائة وخمسة – ماما في انتظارك يا حسام – مائة وستة
– إذا لم تأتِ إلى البرج المركزي قبل أن أصل في العد
إلى ألف ومائة وثلاثة عشر فسأضطر آسفاً إلى
تشويهها بثقب هنا في رأسها – مائة وواحد وخمسون –
مائة وستة وخمسون – لكن لا تقلق سأحرص على
تنظيف الدم بعد أن أطلق عليها النار لا تنسى أنها
يجب أن تحافظ على مظهرها اللائق في حفلة الزفاف
– مائتان وخمسة عشر – مائتان وتسعة عشر"

قال السيد لوكاس بتوتر:

"اللعنة! اللعنة!"

صرخت ملاك:

"هذا فخ حقير!.. مستحيل تكون أم حسام!"

لا مجال للثقة في ملاك ولا في أي مخلوق على وجه الأرض عندما تتعرض أمي للخطر، صرخت في ملاك:

"إش يدريكي؟ أمي كانت معايا حتى آخر لحظة! وبديهي اللي جابني هنا جابها معايا!"

"حسام صدقني هذا فخ بس عشان بيقتلوك!"

"وإش يضمن لي إنك إنت ما تكوني الفخ؟ كله إلا أمي!"

التفتُ للسيد لوكاس وسألته:

"سيد لوكاس، أرجوك ساعدني! يجب أن أذهب إليه!"

"على جثتي يا حسام!"

قالتها ملاك وهي تعترضني، لم آبه بها أبداً وأنا أدفعها عن طريقي:

"ولا شي بيفرق معايا الآن.. ولا حتى جثتك، مستعد أقتل أي أحد عشان أمي..!"

قلتها وأنا أعنيها فعلاً، قاطعتنا ضحكات المهرج المستفزة من الشاشة، أخرج ساعة فضية معلقة بسلسة من جيب سترته وقال بشكل ساخر وهو ينظر إليها:

"أوووه نسيت أنني يجب أن ألحق بحفلتي التنكرية لصالح جمعية الأيتام! حسنٌ سأختصر العد من أجل الأيتام المساكين! أربعمائة وخمسة عشر - أربعمائة وستة عشر .."

قالها وأطلق طلقتين في الهواء فارتعدَت أمي وانفجرت أنا!

"سيد لوكاس!!!"

تحرك السيد لوكاس بسرعة فأدخل مجموعة من الأ رقام السرية على اللوحة أمامه فتحركت المساحة التي نقف عليها بما عليها وهبطت ببطء نحو ساحة أخرى أكبر، ولكنها مكتظة، سيارات، دراجات نارية، أسلحة، والأهم من ذلك كله تلك البدلة السوداء المقنعة المحرملة.. لقد تذكرت الآن! ولا أكاد أصدق أنني أرى البطل الذي أحفظ أفلا مه عن ظهر قلب تجسد واقعاً أمامي!

"سيد حسام، أنا متأكد أنك تذكرت صاحب هذا المقر.. هنا أحتفظ بكل أسراره، للأسف ليس لدينا الوقت لأطلعك على التفاصيل، حاولت أن أبث في ذاكرتك ما أمكنني من مهارات واستراتيجيات قتالية أثناء نومك، كل شئ بعد ذلك سيعتمد على حدسك وحظك فقط.. بالذات مع خصم لا يُتنبأ بما يفعله كهذا المهرج!"

انطلقت نحو البدلة ارتديتها بسرعة، وحاولت استرجاع كل ما أعرفه عن صاحبها من ذاكرتي ومما أضافه السيد لوكاس إلى دماغي..

"كيف أصل إليه؟"

سألت السيد لوكاس، فردت علي ملاك التي ارتدت بدورها بدلة سوداء شبيهة ببدلتي، لا تظهر سوى نصف وجهها وشعرها النحاسي الذي انساب على ظهرها من أسفل قناعها. نادتني وهي تصعد على متن طائرة نفاثة صغيرة متجاهلة هجومي عليها وتهديدي لها بالقتل منذ لحظات:

"يللا يا حسام مافيش وقت!"

لم أتردد لحظة فلحقت بها، وارتفع الجدار أمامنا كاشفاً عن
ممر كهفي مضاء، انطلقنا فيه بسرعة، وصلنا لنهايته في لحظة
انحرفنا قليلاً للأعلى فانفرجت أمامنا بوابة أخرى تدفقت
عبرها مياه المحيط لتغمرنا للحظات قبل أن نخرج من قلب المياه
كالقذيفة، انطلقنا بسرعة هائلة نحو البرج المركزي مباشرة..
اقتربت ملاك من مدخل البرج دون أن تهدئ من سرعتها،
ارتطمنا بالأرض بعنف، انفصلت مقدمة الطائرة وجناحاها
وذيلها وسارت على إطاراتها العريضة، لم تكن تلك مجرد طائرة،
كانت سيارة مجهزة للطيران، انطلقت ملاك بالسيارة داخل المبنى
المركزي الذي بدا كئيباً خالياً بعد أن كان مكتظاً بالحياة
وتجاهلت الواجهة الزجاجية التي حطمتها أثناء عبورها إلي
داخل المبنى.. كيف سنجد ذلك اللعين؟ كيف؟..

أعلن لنا عن وجوده بطلقتين أطلقهما نحونا مباشرة فارتدت عن
جسم السيارة المصفحة. كان المهرج يجلس في قمة التمثال،
أقصد تمثالي العملاق الذي يتوسط ساحة المبنى، كان يجلس
على يده الممدودة نحو شعار حرف الـ H بين السبابة والإبهام،
يمسك بمسدسه العملاق ويأرجح ساقيه بشكل مستفز ويصرخ
بأعلى صوته:

"تسعمـاءة وخمسة وثمانون – ألف ومائة وثلاثة عشر..
أووه وصلت يا حسام؟ يا للخسارة.. لحسن حظك أنني
رجل نبيل وأحترم وعودي جداً، ولسوء الحظ سوف
أتأخر على حفلة الأيتام التنكرية، هيا تعال لكي أقتلك
بسرعة وألحق بحفلتي!"

مـددت يدي إلى لوحة التحـكم ووجدت ضالتي بـسهولة،
انـشطرت السيارة إلى نصفين، تحولت إلى دراجتين ناريتين
نفاثتين أنا أقود إحداها، والثانية مع ملاك، انطلقتُ بسرعة نحو
التمثال، ارتطمت بحافة قدمه وواصلت دراجتي انطلاقها على
ساقه، بينما توجهت ملاك نحو المصعد بسرعة، تتبعت انحناءات
التمثال كي لا يختل توازني وأسقط، ساعدتني إطارات الدراجة
النارية التي تشبثت بالتمثال حتى ونحن ننطلق في مسار شبه
عمودي، وصلت إلى كتفه وانطلقت على طول ذراعه الممدودة
متجهاً نحو المهرج الذي أخذ يردد أغنية مستفزة بصوته المزعج.

"تيري ري ري ريته، حسـام يجي مته، يجي الساعة ستة،
راكب وللا ماشي؟! راكب بسكيليته.."

أطلق المهرج طلقة واحدة من مسدسه دون أن يتوقف عن الغناء، أصابت هدفها بدقة تحت إطار الدراجة الأمامي ليفلت تشبثه بجسم التمثال وتنحرف الدراجه على سطحه الأملس، قفزت منها في آخر لحظة قبل أن تنزلق وتسقط وتتحطم، تقدمت من المهرج الذي أصبح يهز سيقانه بحماس أكبر ويهتف ساخراً:

"هيا هيا بسرعة.. يمكنك أن تصل في الوقت المحدد، بالعزيمة والإصرار يا عزيزي يمكنك صنع المعجزات.. هيا!!"

أخرج ساعته من جيب سترته وقال:

"رائع في الوقت المحدد بالضبط!! كم أحترم مواعيدك الدقيقة!"

وفجأة تهشمت نوافذ المبنى الضخم، بصاروخين أحدثا فجوة هائلة وتبعتهما طائرة هيلوكبتر عبرت الفجوة واتجهت نحو المهرج وامتدت منها سلسلة ليتعلق بها بينما برز من نافذتها عملاق مقنع وجه إلي رشاشاً آلياً ليعيقني عن التقدم والقبض على سيده..

في نفس اللحظة دوى صوت انفجار في قاعدة التمثال العملاق، فبدأ يتهاوى، لا يوجد أسفلي ممر مائي هذه المرة!

"حسااااام!"

صرخت ملاك وهي ترتفع بالمصعد بمحاذاتي بسرعة، ومرة أخرى كنت أنا والموت في سباق مع الزمن! مددت يدي لحزامي، وأسعفني حدسي وحظي وما شحنه السيد لوكاس في ذاكرتي فالتقطت الخطاف وأطلقته بكل قوتي نحو المصعد فأحدث ثقباً في زجاجه وتثبت في حافته، شعرت بقوة شد رهيبة عندما سحبني السلك المعدني المثبت في الخطاف من وسطي، كاد أن يقصم عمودي الفقري، تعلقت بالمصعد المنطلق بسرعة إلى الأعلى.. إلى سطح المبنى حيث توقفت طائرة المهرج وقفز هو منها وقال بلا مبالاة وبدون أن يلتفت:

"العبوا مع صديقي قليلاً بينما أقتل والدته..!"

قفز من الطائرة أربعة عمالقة يحمل كل منهم رشاشاً يصوبه إلى صدري.. هتفت ملاك:

"ألحق المهرج يا حسام وسيبهم عليا!"

قالتها وقفزت قفزة بهلوانية تخطتني وهي تتشقلب في الهواء وتهبط بينهم وتنهال بساقيها وذراعيها على صدورهم وأعناقهم، تخطيتهم أنا بقفزة وتبعني أحدهم برصاصاته أصابتني رصاصة أو رصاصتين، لا أذكر، لا يهم! المهم أن ألحق بأمي قبل ذلك اللعين، انطلقت خلفه متجاهلاً الألم الذي اعتدت عليه، كان يقف على السطح بقرب حافة المبنى، وأمامه تجلس أمي، مكبلة غارقة في دموعها، يصوب أحد مسدساته القبيحة نحو رأسها، والآخر نحوي أنا ويقول بشكل تمثيلي:

"أمك أهم شئ في حياتك! لا تسمح لأي أحد بأن يمسها بسوء يا حسام.. أبداً.. مهما كلف الأمر! آآآه.. لقد تذكرت والدتي، كم اشتقت إليها! وإلى كعكة اليقطين التي كانت تعدها لي دائماً.. ولكنني لا أحب اليقطين! كنت أعشق الألعاب النارية والمفرقعات، وكانت دائماً تمنعني من اللعب بها بحجة الخوف علي.. مسكينة لم تنجُ من انفجار القنبلة التي نسيتها تحت سريرها، أقسم أنني لم أقصد إيذاءها، لكنها ارتاحت من آلام ظهرها!"

مسح دمعة وهمية من عينيه قبل أن يباغتني:

"ثم ما هذا يا حسام؟ ألا تخجل من نفسك وأنت ترتدي هذه الملابس الضيقة المضحكة أمام والدتك؟"

رتب هندام سترته، وعدل وضع الوردة القبيحة المثبتة عليها:

"هل أوهموك بأن الأحمق المدلل الذي كان يرتدي هذا الزي قبلك هو بالفعل بطل خارق؟.. لا لا يا عزيزي.. لم يكن سوى مهرج آخر! مثلي تماماً؛ مهمتنا تسلية الناس في سيرك الحياة! مع تحفظي على ذوقه القبيح في اختيار الأزياء. لقد كان يتقمص دور البطولة بينما كان دافعه الانتقام فقط! الانتقام لمقتل والديه على أيدي الصعاليك. أمي ماتت بين يدي بسبب السرطان، لم أستطع تحمل تكاليف علاجها.. كيف أنتقم لها؟ من هو المجرم الحقيقي ؟ من يضطر للسرقة كي يعيش؟ أم من يتسبب في خلق مجتمع مكتظ بالفقراء والمحتاجين والسارقين؟ وراء كل سارق وجائع، هناك مجرم حقيقي يتنعم في ثرائه.. وصديقك صاحب هذه البدلة كان واحداً من هؤلاء المجرمين، يداري إجرامه بمحاربة صغار اللصوص ليلاً، ليحتفي مع كبارهم نهارا"

اكتست نبرته جدية مفاجئة وهو يهتف:

"هيا! اخلع هذا القناع المضحك بسرعة، أعلم أنه مبطن
بخوذة واقية من الرصاص.. أريد أن تستمتع الوالدة
بمنظر جمجمتك عندما تهشمها رصاصتي! أم تفضل
الموت بطريقة أخرى؟ تفضل أن تقفز من حافة المبنى..
من على ارتفاع ثلاثة آلاف متر؟ لا لا.. هذه سقطة
طويلة ومؤلمة جداً؟ ما رأيك في أن تطلق والدتك عليك
النار؟ آه هذه فكرة رائعة.. بالذات وأن قلبي الحنون لا
يتحمل أن أقتل طفلاً أمام عيني والدته!"

خلعت قناعي بينما مد المهرج الحقير المسدس إلى أمي لتتناوله
بيديها المكبلتين، دون أن يزيح المسدس الآخر عن صدغها:

"هيا يا خالة أم حسام، ضعي حداً لتهور ابنك كي لا
يضيع على نفسه فرصة العودة للبيت كي يعتني بأخته
مرام، أعظم الأمهات هي التي تضحي بكل شئ من أجل
أبنائها، أمي الرائعة دهستها الشاحنة وهي تدفعني أنا
ودراجتي بعيداً عن الطريق!"

كان يتحدث وهو يثبت سبابة أمي على الزناد، ونحيبها يعلو وارتعادتها تشتد، أمسك بيدها كي يثبتها ويصوب فوهة المسدس نحو رأسي، استعان بيده الثانية ليمسك بكلتا كفيها، وهذا الذي كنت أحتاجه، ثانية واحدة فقط يبعد فيها فوهة المسدس عن صدغ أمي، أزحت برأسي جانباً في اللحظة التي انطلقت فيها الرصاصة نحو جبهتي، ظننت أنني فقدت عيني عندما احتكت بي الرصاصة ورسمت خطاً دامياً بجانب رأسي، اجتزت الأمتار التي تفصلنا بقفزة واحدة، لم تسعفه لإطلاق النار على والدتي، ولا علي. وضعت كل قوتي وغضبي في اصطدامتي به، حاول عبثاً أن يتشبث بالهواء وانطلقت ضحكاته المجنونة وطلقاته وهو يهوي إلى قاع البرج. ساعدت أمي المسكينة على النهوض، احتضنتها بشدة قبل أن أتأمل عينيها من خلف دموعها:

"أخيراً لقيتك يا أمي! أخيراً.. تطمّني رح أخرجك من هنا، رح نرجع لعالمنا!"

رفعت عينها نحوي وقالت دون أن تتوقف عن البكاء:

"حسام ما تتخيل قد إيش قلقنا عليك أنا ومرام، إنت عارف إنه عشان نرجع لحياتنا، لازم نموت هنا، لو يهمك رضاي تعال نرجع مع بعض!"

أمسكت يدي بيديها المكبلتين، وكدت أن أقفز معها، ولكن عاطفتي التي تفجرت برؤيتي لأمي غيبت عني للحظات أنها تبدو أكثر طولاً! كما أنني لم أسمعها تنطق اسم مرام في حياتها قط، دائماً تناديها مرمر.. وفوق كل هذا لاحظت شبح ابتسامة ظافرة على وجهها، يستحيل أن تبتسم في موقف كهذا! إنه فعلاً فخ!

لم يقاوم ضحكته، ليتني مت قبل أن أرى ذلك المنظر! أمي وهي تضحك ضحكة المهرج المقيته، خلع قناعه، لقد كان هو فعلاً والذي سقط قبل قليل كان مجرد معاون يرتدي زيه. المفاجأة أصابتني بالشلل فدفعني وسقط معي؛ انفرد وشاح بدلتي فخفف من سرعة سقوطي ولكن لا توجد فرصة للنجاة هذه المرة، ليس من هذا الارتفاع! أيقنت بالهلاك وأنا أرى اقتراب الأرض مني إلى أن برزت خلفي طائرة هيلوكبتر.. إنها ملاك! قضت على العمالقة وأتت لتنقذني. أطفأت مروحة الطائرة لتسقط سقوطاً حراً وتلحق بي.

حاولت الاقتراب من باب الطائرة حيث تقف ملاك مادّة يدها، وما إن أمسكت بي حتى سحبتني بقوة وأعادت تشغيل مراوح الطائرة، لتعاود الطيران، أو بالأحرى لتخفف الارتطام بالأرض.

لم تكن المسافة المتبقية كافية للارتفاع، ولكنها كانت بالكاد تكفي أن لا نُسحق داخل الطائرة عند اصطدامها بالأرض، تحطم ذيل الطائرة واندفعت على الممر الصخري وشفرات مراوحها تجز الشجر وتنحت الصخر وتصدر الشرر.. إلى أن توقفت تماماً.

انتزعت جسد ملاك بالقوة من بين حطام الحديد قبل أن تصل إليها النيران التي بدأت تلتهم الطائرة، خرجت أحملها على ذراعي، ملابسنا وجلودنا تمزّقت؛ أنفاسها الضعيفة تقول أنها لا تزال على قيد الحياة وأن المعركة لن تزداد إلا شراسة!

(10)

بين الفضاء والأرض

إبراهيم عباس

أيامي هنا شارفت على الانتهاء، ليست أيام.. فما تبقى لا يعدو ساعات، وربما دقائق! ولكن كل دقيقة تمر بي هنا تحمل من الأحداث ما يغير أقطاب كياني، وهذا درس مهم جداً! فقد نعيش اليوم يوماً.. وقد نعيشه دهراً.. وقد لا نعيشه أبداً، الأيام التي لا تضيف لنا تجارب جديدة هي اختصار لأعمارنا، تجعلنا نشيخ.. دون أن نكبر.

أنا الآن مصاب بحالة رعب من العودة إلى حياتي السابقة! رهاب من التحول مرة أخرى للحسام القديم، لا أعني الشكل والجسم أبداً، فالوسامة والعضلات لا تعدو كونها كماليات هامشية مقارنة بالعقلية والإرادة. أخشى أن أعود مرة أخرى للكسل المقيت والروتين المميت! أكتب هذه الكلمات وأنا أتأمل هذا القلم العجيب الأنيق، هل يُعقل أن يكون هو السبب في تدفق هذا السيل من عقلي ووجداني؟ هل أستطيع أن أحتفظ به عندما أعود لعالمي؟ هل سيفي القلم البلاستيكي الجاف بالغرض؟ أعدك أيها القلم أن لا أتوقف عن الكتابة أبداً طالما نالت أناملي ما أكتب به!

253

وأعدك أن لا أنسى ملاك، ولا ابتسامتها التي تسخر من كل شئ وهي بين أحضاني. كم أنت عجيبة يا ملاك! تبتسمين؟ وأنتِ بهذه الحالة؟ حملتها على ذراعي، جثة محطمة متمزقة محترقة بالكاد نجت من انفجار الهليكوبتر، ولكنها لا تزال تتنفس.. وتبتسم!

تبتسم فقط لأنها في حضني.. سعيدة بالموت، إن كان الموت يجمعنا؛ وهذا هو التعريف الأدق للحب! حبيبك هو من تقتلك الحياة بعيداً عنه، وتحيا وإن مت بين أحضانه. هذا التعريف ينطبق علي أنا أيضاً، أعترف أنني أذوب عشقاً فيها، أعترف أنني لا أتخيل حياتي بدونها، ليس بسبب جمالها، فقط لأنها هي! أتمنى أن تعود معي لعالمي، ولا يهمني كيف سيكون شكلها، فقط أريد أن أعيش معها.. وبحبها!

حملتها وهمت على وجهي، لا يهمني ما سيحدث، المهم أن تكون ملاك معي في لحظاتي الأخيرة هنا، برزت طائرة السيد لوكاس من بين المباني وهبطت أمامنا مباشرة، صعدنا الطائرة وانطلقت بنا يقودها الطيار الآ لي، وظهرت صورة السيد لوكاس على الشاشة وقال بكل توتر:

"سيد حسام، أنا سعيد أننا وصلنا إليكم في الوقت المناسب!"

"سيد لوكاس؟ نحن في طريقنا إلى القاعدة؟"

"القـاعدة؟ لا أعتقد أنه بقي منها أي شئ، لقد هربنا بأعجوبة قبل أن يصلوا إليها، لا بد وأنهم قد دمروها الآن!"

"من هم؟ عن من تتكلم سيد لوكاس؟"

قبل أن يجيبني انحرفت بنا الطائرة فجأة بزاوية حادة ألقت بنا عن مقاعدنا، فمر من أمامنا مباشرة خطان من الضوء الملتهب شعرنا بحرارتهما بالرغم من أنهما لم يلمسا الطائرة، ارتفع أزيز الإ نذار داخل الـطائرة، أعدتُ ملاك لمقـعدها وأحكمت ربط حزامها وحـزامي، فانحرفت الطائرة مرة أخرى بـزاوية عامودية متجهة للأعلى لتتفادى خطوط الأشعة المحرقة، ورأيتها تمر من أمامنا، أطباق طائرة.. نعم أطباق طائرة!! تتحرك بسرعة عالية وبمـناورة يـستحيل أن تجاريها طائرتنا! سبقتنا إحداها بـسهولة وحامت حول نفسها لتواجهنا، وأطلقت أشعتها نحونا مباشرة!

255

انحشرَت جميع الأحداث في لحظة واحدة! رأيت جسماً لامعاً مثلثاً ينطلق نحو الطبق الطائر ويشطره إلى نصفين، وفي نفس اللحظة ارتطمت بنا طائرة أخرى لتبعدنا عن مسار الأشعة القاتلة. دارت معركة خاطفة أمامنا هاجمت الطائرة النفاثة التي اصطدمت بنا مجموعة من الأطباق الطائرة بأشعة أطلقتها من أجنحتها، وانطلق ذلك القاطع المثلث مرة أخرى ليمزق المزيد من الأطباق، ومع تزايد الأطباق الطائرة اندفعت طائرة غريبة، حمراء وصفراء من قلب المياه وانقضت بدورها تدمر الأطباق الطائرة بقاطعها وأشعتها وصواريخها، انتهت المعركة بسرعة، وانطلق صوت قائد تلك الطائرة الغريبة في طائرتنا:

"لقد تم إسقاط جميع الأطباق، لقد تمت برمجة الطيار الآلي لتتبعونا إلى قاعدة علوم الفضاء!"

انطلقت طائرتنا خلفهم، وأبى فكي أن يعود مكانه من الذهول، فكل ما رأيته في حياتي كوم، وما حصل قبل قليل كوم آخر تماماً!! وصلنا لقاعدة علوم الفضاء التي استقرت على أحد الجبال، انكشف الدرع الفولاذي العملاق الذي يغطي منصة الهبوط، وهبطت طائرتنا، كان الدكتور غينزو في استقبالنا:

256

"سيد حسام، سيدة ملاك، مرحباً بكم في مركز أبحاث علوم الفضاء"

قالـها بلـغة عربـية فـصحى فـاستدركت ملاك وقالت باللـغة اليابانية:

"申し訳ありません私たちは日本語を学ぶ機会を持っていませんでした!"

أجابها الدكتور غينزو ملطفاً الأجواء:

"لا علـيكِ فنـحن نجـيد التـحدث بالعربـية، أتمـنى أن تكونوا بخير"

كانت الإجابة واضحة جداً، فكل خلية في أجسادنا تؤكد العكس. تبعناه إلى ساحة اكتظت بالمتخصصين في أبحاث الفضاء انهمك كل منهم في الشاشة التي أمامه، ولكنهم توقفوا وانحنوا لنا بكل احترام فور دخولنا قبل أن يأذن لـهم الدكتور غينزو بمـواصلة العـمل. ظـهرت على الشـاشة المركـزية العملا قة تصاميم لطبق طائر، يحمل رجلاً آلياً عملاقاً.. لقد عرفته! وكيف لا أعرفه؟!

لقد عشت معه مغامراته في الفضاء قبل حتى أن أجيد الكلام! دخل الساحة شاب وفتاة صافحانا بحرارة، أذكرهما جيداً، هل يعقل أن أقابلها على أرض الواقع؟ واجهت صعوبة شديدة في استيعاب فكرة مقابلة عظماء من التاريخ، ولكن فكرة مقابلة شخصيات كارتونية في الواقع فذلك أقرب للجنون، بل هو الجنون بعينه! الآن بدأت أشك أن كل ما يحدث هنا هو هلاوس، ولكنها هلاوس محبوكة لأبعد حد! نعم هي نفسها تلك الفتاة، إحدى فاتنات المانجا ولكنها حقيقية، من لحم ودم! ارتبكَت وهي تمد يدها لتصافحني، شهقَت شهقة خفيفة عندما استقرت عينها على عيني.. فلاحظ ذلك الدكتور غينزو وقال:

"نعم.. إنه يشبهه كثيراً.. يشبه ابني"

قالها وتظاهر بفرك عينيه ليخفي دمعته قبل أن تفتضح. أما الفتاة فقد تركت دمعتها تنساب وهي تقول:

"كأني أراه أمامي!"

لم يرق الموقف كثيراً لملاك، فأنهت تلك اللحظة وهي تقول:

"لا أعتقد أن الوقت في صالحنا أبداً، أخبرونا مالذي يجري؟"

رد عليها الدكتور غينزو بنبرة قلقة:

"أحدهم استطاع الحصول على الملفات السرية التي تحوي تصاميم قواتِ جيوش الكواكب التي حاربناها، وقام ببناء أسطول شرس دمر قاعدة السيد لوكاس، وهي في طريقها إلى هنا للقضاء على حسام!"

عقب الفتى بنفس النبرة المتوترة:

"يستحيل أن نصمد أمامهم بدون الآلي!"

ظهرت التصاميم أمامنا وواصل الدكتور غينزو:

"أملنا الوحيد هو أن يسيطر حسام على الآ لي، لقد تلقى برنامجاً تدريباً مكثفاً يؤهله لخوض تجربة كهذه"

مرة أخرى أؤكد: شتان بين الرسوم الكرتونية المحصورة بالخطوط والألوان والإمكانيات المحدودة قبل أربعة عقود، وبين ما أراه هنا من تفاصيل. التصاميم التي رأيتها كانت تظهر رجلاً آلياً يعمل بتقنيات غاية في التطور والتعقيد، لم نشغل أنفسنا بمحاولة فهمها أثناء طفولتنا.

تقنيات أتت من عوالم أخرى تفصلنا عنها فجوة علمية تتجاوز مئات السنين. الكوكب الذي عاد إليه أميره ليحييه بعد ان اختفت الإشعاعات القاتلة عن سطحه كان قد بلغ أوج التطور، تكنولوجياً ومدنياً، كوكب مسالم ككوكبهم لم يكن بحاجة لجيش دفاعي، فاكتفوا بتطوير هذا الآلي، الذي كان يشكل رمزاً للحماية أكثر من كونه سلاحاً للفتك. لم يتميز الآلي بتصميمه الذي يعكس صورة محارب نبيل تتقطر ملامحه قوة وهيبة، ما كان يميزه بالفعل هو التكنولوجيا التي تضمنتها آلاته. لقد أمضى مركز الأبحاث سنين عدة في دراسة تلك التكنولوجيا وبناء نسخة مطابقة للآلي قبل أن يعود به الأمير إلى كوكبه.

شاهدت مجموعة من الأفلام الافتراضية التي تصور ذلك الكوكب بتقنياته وأنماطه المعيشية، أكاد أجن، كيف لفيلم كارتوني أن يكون له إسقاط بهذه الدقة والواقعية المذهلة، لم أستطع أن أحبس فضولي فسألت الدكتور غينزو:

"المعذرة يا دكتور، أنا أذكرك جيداً، رأيت كل هذا قبل أن أتجاوز السادسة من عمري، ولكن.."

"ولكن كرسوم متحركة أليس كذلك؟"

"نعم، أقصد أن فكرة وجود آلي عملاق يحمل جميع هذه الأسلحة وكائنات فضائية تعيش على كواكب أخرى وتهاجم كوكب الأرض بوحوشها الآلية.. كل هذه فانتازيا، كيف لها أن تتحقق؟"

"اسمع يا بني، لو انتقل شخص من القرن الماضي إلى زمنكم فسيصاب بصدمة مماثلة، سيعتبر ما يراه محاكاة فنتازية لما تعرضه قصص الخيال العلمي، ثم من قال لك أنهم كائنات فضائية؟ ألم تلاحظ أثناء متابعتك للمسلسل أن أشكالهم بشرية، لا تشوبها سوى فروق جينية طفيفة كاستطالة الأذن أو الجمجمة أو تغير لون البشرة؟ جميعها طفرات جينية ضرورية لتأقلمهم على الكواكب التي سكنوها بعد أن غادرو كوكب الأرض"

"يا إلهي هل تقصد أن.."

"نعم، هم من البشر، يحملون نفس صفاتنا ودماءنا وأحماضنا النووية، أمير ذلك الكوكب كان ينتحل شخصية ابني دون أن يشك أحد في كونه زائر من كوكب آخر"

تدخلت الفتاة وقالت بنبرة حزينة:

"دماؤه تجري في عروقي، لقد أنقذ حياتي"

واصل السيد غينزو كلامه الذي لن أعتبره سوى إمعاناً في الخيال:

"لقد غادروا الأرض بعد موت أعظم ملوكها قبل ثلاثة آلاف سنة وتعرض الحضارة التي بناها للنهب، فقرر نخبة العلماء أن يحملوا جميع الأسرار العلمية وينطلقوا بها عبر الممرات الدودية التي اكتشفوها في الفضاء إلى أكثر الكواكب شبهاً بكوكب الأرض، ومن هناك انطلقت الحضارة من جديد وانتشرت في عدة كواكب أخرى، ولكن الطمع البشري كان سيد الموقف مرة أخرى، فدُمرت جميع تلك الحضارات، وعادوا لتدمير كوكب الأرض!"

هالني ما سمعته، تفسير منطقي بالرغم من جنونه! استمرت دهشتي في وتيرة متصاعدة وأنا أطّلع على ما تركه الأمير من معلومات عن كوكبه والحضارة التي انتقلت من الأرض إلى باقي أرجاء الكون.

أمضيت ساعات وأنا أدرس أدق تفاصيل الآ لي وتصميامته، تعتمد التكنولوجيا التي صنع منها على إعادة توجيه قوى الطبيعة بدون الإضرار بها، على العكس تماماً من جميع الأسلحة الفتاكة الأخرى، هذا الآلي لا يعتمد على أي قنابل أو متفجرات! رأسه متوج بقرون مكونة من الذهب المقوى بالنحاس، عبارة عن مخزن هائل للشحنات الكهربائية يمتص الإلكترونات الساكنة من الفضاء المحيط ويخزنها ليعيد تفريغها في صاعقة تحمل ملايين الفولتات كفيلة بتدمير أعتى الآليات! نفس المبدأ ينطبق على امتصاص بخار الماء العالق في الهواء وتسخينة لدرجات حرارة تتجاوز عدة آلاف مئوية مع الحفاظ على حالته السائلة بتقنية التلاحم الجزيئي وإطلاقه عبر الرشاش الصاهر لإذابة وتفكيك أي جسم تقريباً. أما التكنولوجيا الأكثر تطوراً هي تكنولوجيا تخزين وإعادة توجيه طاقة الجاذبية الكتلية، بالذات الجاذبية الأرضية، حيث يسلط الآلي تلك الطاقة التي يستطيع تخزينها كلما تعرض لقوة جاذبية من أي نوع ويعيد إطلاقها من صدره كإشعاعات تعكس مفعول الجاذبية، أو يعيد إدارتها داخلياً ليقلص من تأثير الجاذبية الأرضيه على الأطنان المعدنية التي يحملها أثناء قفزه وانطلاقه في الفضاء.

محركات الآلي عبارة عن مفاعلات نووية مصغرة، لا تعتمد على الانشطار النووي، وإنما على الالتحام النووي؛ وقودها هو أكثر الغازات وفرة في الطبيعة: النيتروجين. يطلق المحرك ذرات الهيدروجين لتلتحم بذرات النيتروجين وتكون الأكسجين مع كمية هائلة من الطاقة في عملية مستوحاة من التفاعلات النووية في قلب النجوم. باقي أسلحة الآلي تعتمد على القواطع المكونة من معادن معالجة بشكل يجعلها أكثر صلابة وحدّة من أي معدن آخر، صُقلت منها الشفرات المسننة حول قبضته والأطباق الدوارة على جناحي مركبته بالإضافة إلى أطراف الشفرة المزدوجة المثبتة على كتفيه. باختصار ذلك الآلي هو السلاح الدفاعي الكامل.

صعقتني المعلومات التي تلقيتها من الدكتور غينزو، يا إلهي كنت أظن الرسوم المتحركة مجرد خيال ترفيهي، لم أتصور يوماً أن يحمل الآلي هذا الكم من العلوم والتكنولوجيا الحقيقية. هتف أحد أعضاء مركز الأبحاث في قلق شديد:

"إنهم يقتربون يا دكتور!"

نقل الصورة من شاشته إلى الشاشة الرئيسية فظهر سرب من النقاط اللامعة تنطلق بسرعة في السماء!

"سألقنهم درساً"

قالها الفتى وغادر مسرعاً، تبعته زميلته.. أما الدكتور غينزو فقد أخذنا إلى قاعة أخرى وهو يقول:

"لقد أعددنا لك كل شئ سيد حسام!"

فعلاً.. نفس الزي الذي كان يرتديه الأمير! نفس الخوذه! ركضت بسرعة في نفس الممر، أعرفه تماماً، أحفظه عن ظهر قلب، لكم حلمت أن أنزلق عبر ذلك الباب الجانبي الصغير وأستقر على الدراجة النفاثة وأنطلق بسرعة وأرى الطريق ينقسم أمامي إلى نصفين، وأقفز من الدراجة التي تواصل طريقها وأهبط على مقعد الآلي.. رأيته أسفل مني، يالضخامته! يالهيبته! صُعقت وأنا أطير في الهواء متجهاً نحوه، دققت في تفاصيله، وأكررها مرة ثانية وثالثة ورابعة: ما رأيناه في الكرتون ليس إلا تصور مبسط جداً.

أنا هنا داخل مركبة فضائية حقيقية، كل قطعة فيها مقسمة لجزيئات وتفاصيل معقدة، حتى قرونه التي كنت أظنها مجرد سبيكة مخروطية مصقولة، رأيت تفاصيلها وصفائحها ومساميرها.

جلست على المقعد الذي احتواني وأضاءت الشاشات الافتراضية أمامي وداخل خوذتي، التي تحولت لقناة تواصل بيني وبين الآليات من حولي.. أحكمت قبضتي على عصا التحكم، أضاء الممر أمامي وانفتحت البوابة فظهر الشلال الاصطناعي سحبت العصا فانزلق الآ لي وانطلق بسرعة لا تضاهيها سوى سرعة دقات قلبي الذي كاد أن يتفجر من فرط الإثارة!

انطلق من فوقي سلاح طيران أزرق وأحمر بحفّارات على جانبيه، لقد تذكرته! ظهرت صورة ملاك في الشاشة أمامي، كانت ترتدي زياً أحمر، وخوذه تحمل حرف الـ M.. نفس الخوذة والزي الذي كانت ترتديه أخت الأمير:

"حسام، لازم نلحقهم بأقصى سرعة!"

انطلقتُ خلفها وظهرت في الأفق آثار معركة ملتهبة، أسطول من أطباق العدو يقاتلهم الفتى بنفاثته المزدوجة والفتاة بمركبتها الملاحية؛ لحقَت بهم ملاك وبدأوا يُسقطون الأطباق بالعشرات، ضغطت على الزر الثاني من مجموعة الأزرار عن يميني.. أتذكره جيداً، لم أتمالك نفسي وأنا أصرخ:

"الصحن الدوّاااار!"

كنت أتساءل لماذا يردد الأمير اسم كل سلاح يطلقه، الإجابة كانت في تلك النشوة التي شعرت بها عندما دار القرصان وانطلقا يتتبعان المسار الذي تخيلته بالضبط، فشطرت مجموعة من الأطباق التعيسة قبل أن تعود لمكانها. كما توقعت! الخوذة هي أهم أداة تحكم في الآلي؛ لا يمكن السيطرة على آلة بهذا التعقيد بمرونة باستخدام الأزرار ولوحة التحكم فقط! سرت موجة من الرعب في صفوف أطباق العدو فور ظهوري، تجمعوا لمواجهتي وانطلقت أشعتهم نحوي، ترتطم بجسد الآلي دون أن يتأثر، أذبت نصفهم بالرشاش الصاهر، والباقين تلاشوا بصعقة من رعد الفضاء وتساقطت أشلاؤهم في مياه المحيط. هذه ليست معركة بل مجرد نزهة، لا أفهم لماذا يصرّون على تضييع الوقت مع هذه الأطباق.

انتهت النزهة عندما انقضت علي أذرع معدنية من قلب المحيط والتفت حول جسم الآلي وبدأت تسحبه بقوة نحو المياه، مددت يدي لا شعورياً للمقبض في أعلى الكبينة وسحبته، فانزلق بي المقعد وانطلق بسرعة نحو كابينة أخرى في رأس الآلي:

"هيا... انطلق!"

اندفع الآلي العملاق، انفصل عن المركبة، لم تصمد تلك الأذرع أمام انطلاقته، ولكنها عادت مرة أخرى لتكبل ساق الآ لي وتسحبه ليرتطم بقوة بمياه المحيط، حاولت الإفلات ولكن ذلك الشئ يملك عشرات الأذرع التي التفت حولي بإحكام، تبينت معالم الوحش تحت الماء، عبارة عن قرص معدني تبرز من حوافه تلك الأذرع وشئ يشبه الرأس. أطلقت الرزّة المزدوجة فمزقت بعضها، وتمزقت البقية بالقاطع الملاحي، حيث غاصت الفتاة لتعاونني على ذلك المسخ الذي لا أدري متى ستنتهي أذرعه! أطلقتُ قبضتي اللولبية نحوه فسحب رأسه وأذرعه بسرعه واختفت داخل درعه المصفح فارتد عنه اللولب الساحق، وعاد الوحش مرة أخرى للهجوم، حاولت السيطرة على توازني تحت الماء انطلقت نحو الوحش وانطلقت الفتاة بمحاذاتي فالتحم الآلي بالسلاح الملاحي، وأصبحت حركتي أسرع وأسهل!

المسألة مسألة سرعة مع مناورات هذا الوحش، مد أذرعه لتكبل ذراع الآلي ورقبته وتسحبنا للأعماق، وفي هذه المرة أحكمت قبـضتي عـلى أحد أذرعه لأمنـعه من العـودة وأطلـقت الرزة المـزدوجة نـحو الوحش، لم يـستطع إغلاق درعه بالكـامل هذه المرة بسبب ذراعه التي أمسكتها فانطلق قوس الرزة المزدوجة في تلك الفتحة الضيقة وأتبعته الفتاة بالقاطع الملاحي عندما اتسعت تلك الفتحة قليلاً ليقتلع رأس الوحش، تخلصنا من أذرعه وسحبتني الفتاة معـها من الأعماق قـبل أن يدوي الانفـجار، اندفعنا من المياه مع الانفـجار، ظـهرت أمامي صورتها عـلى الشاشة وسمعت صوتها تخنقه العبرة:

"لقد قضينا عليه!.. كم اشتقت لخوض المعارك مع الأمير!"

"وأنا كم تمنيت أن أعيش هذه المعارك معكم.. ولو في أحلامي!"

"سيد حسام.. أنت تحب السيدة ملاك أليس كذلك؟"

"آآآ .. نعم أحبها"

"هل أخبرتها؟"

"آآآآ..."

"سيد حسام، أنا عشت مع لأمير أربع سنوات، عشقته أكثر من نفسي التي كنت أضحي بها في كل معركة أخوضها معه.. من أجله هو!.. ولكني لم أقلها له يوماً"

رأيت دموعها تسيل من خلف خوذتها وواصلت:

"لم أقلها له عندما كان معي.. أما الآن وهو في كوكب آخر.. مجرة أخرى.. عالم آخر.. فأنا أبكي على كل لحظة مرت بنا دون أن أبوح له بحبي.."

قالتها ثم انفصلت عني وقبل أن أهبط على الأرض تلقيت ضربة عنيفة في ظهري فسقط الآلي وقبل أن أعتدل رأيت طبقاً يتجه نحوي بسرعة يحمل علامة مميزة أذكرها، إنها نجمة الحرس الخاص، أعتى قواتهم، برزت حول محيط الطبق قواطع مسننة بدأت بالدوران بسرعة وهو يتجه نحوي، أطلقتُ العاصفة المضادة للجاذبية لأغير مساره، أطلق الفتى نحوه القاطع المزدوج ولكن درعه لم يتأثر، غير اتجاهه وانقض على ملاك، أطلقَت عليه القذيفة فامتصها الدرع وأطلق عليها في المقابل صاعقة شلت حركتها، وبدأت مركبتها بالسقوط!

بادرها بأشعة أحاطتها بمجال مغناطيسي وسحبها خلفه وانطلق بسرعة للأعلى.. نحو الفضاء.. ركضت بسرعة، قفزت بالآلي ليلتحم بمركبته وانطلقت خلفه بأقصى سرعة لإنقاذ ملاك.

حاول الباقون اللحاق بي، ولكن مركباتهم تقهقرت بعد أن غادرنا الغلاف الجوي واقتحمنا ظلمة الفضاء، فهي لا تحتمل اختلال الضغط ونقص الأوكسجين على ارتفاعات تتجاوز الأربعين كيلومتر. خطة جهنمية! يعلمون أني سأهب لنجدة ملاك، فأرادوا إبعادي عن الأرض، مصدر وقود وأسلحة الآلي، وفي نفس الوقت التخلص من مساعدة السلاح المزدوج والملاحي.. والاستفراد بي في الفضاء! لحقت به، أخشى أن أطلق عليه رعد الفضاء فأصيب ملاك بالأذى! انفصلت بالآلي عن المركبة لأحيطه من الجهتين، أطلقت عليه الرشاش الصاهر، فبرزت تلك المسننات وانقض على المركبة ليحطم جناحها وجزءاً من ذيلها ويدمر أحد محركاتها، اختل توازن المركبة، أطلقت عليه الصحن الدوار من الجناح الآخر ولكنه لم يؤثر في الطبق الذي ارتطم بها ليرغمها على التوغل أكثر في مجال الجاذبية والسقوط نحو الأرض! انفتح الطبق أخيراً فبرز منه عملاق آلي وخرجت ذراعاه من الدرعين المسننين الذين كانا يغلفانه وهجم علي ووجه شفراته المسننة نحوي مباشرة بعد أن أحكم قبضته على رقبة الآلي.

271

انطلقت الأشعة من قرنيه وعينيه نحوي فشلّت أجهزة التحكم عندي. اندفع بي نحو الأرض وبدأت قواطعه بالدوران لتحطيم وجه الآلي، رأيتها أمامي مباشرة لا يفصلني عنها سوى زجاج الكابينة. ذلك الزجاج لم يحتمل القواطع فانطلقت فرقعة هائلة داخل الكابينه عندما تحطم الزجاج، ورأيت القواطع الدوارة تقترب مني، إنها نهايتي! ولكن ملاك بترت لحظة يأسي، توقفت إشعاعات الوحش وحركة قواطعه فجأة، ورأيت حفارات السلاح الثاقب تبرز من صدر الوحش بعد أن هجمت عليه ملاك من ظهره في محاولة يائسة نجحت بسبب انهماكه في تحطمي بعد أن انكشفت قوقعته. تدخل ملاك تأخر لثانية واحدة، القواطع توقفت في اللحظة التي بلغ أحدها صدري وشطر عدداً من أضلاعي، انفجرت الدماء في كل مكان، وشعرت بالشلل في نصفي الأيسر، ناهيك عن الألم، إن كنت سأموت الآن لا محالة لن أترك ملاك تحت رحمة ذلك الوحش، بدأت أشعر بالدوار وأحاول التحكم بالآلي بصعوبة بيدي اليمنى فقط، أطلقت قبضتي الثاقبة لتحطم رأسه يتبعها رعد الفضاء، ولكنه اندفع نحوي، وأغلق درعه بقوة على ذراع الآلي وتوهج! قرر أن ينفجر معي، حاولت أن أخلص ذراع الآلي بلا فائدة، يجب أن أتصرف بسرعة!

272

أطلقت الرزة المزدوجة نحو ذراع الآلي التي علقت داخل درع الوحش لأبترها، دفعت نفسي في الفضاء نحو ملاك، أمسكت بمركبتها في اللحظة التي دوّى فيها الانفجار العنيف ليدفعنا بسرعة نحو الصخور! لحظات تفصلنا عن الارتطام.. ومحركات ملاك دمرها الانفجار واختلال الضغط. أقحمت يد الآلي السليمة في حفار مركبتها والتحمت بها وأطلقت العاصفة المضادة للجاذبية بأقصى طاقتها نحو الأرض لنتجنب الاصطدام..

ومرة أخرى نجونا بأعجوبة!

أصبح الآلي عبارة عن كتلة متحطمة بين الصخور والبحر، وأصبحت أنا جثة تطلق أنفاسها الأخيرة بداخله، هبت إلي ملاك، انهارت عندما رأتني بهذه الحالة وقد برزت أضلاعي المحطمة حملتني خارج الكابينة، خلعت خوذتها وخوذتي وأسندت رأسي على حجرها فوق يد الآلي العملاقة. إنها اللحظات الأخيرة، لن أدعها تمرّ بصمت، بالرغم من انقطاع نفَسي والدماء التي تملأ فمي ابتسمت لها:

"ملاك.. إنتِ اللي صممتِ كل شئ في هذا العالم صح؟"

273

أجابتني بابتسامتها التي طفت فوق دموعها وأنفها المتورد فواصلَت:

"كل شي.. كل شي؟ حتى شكلي؟"

"كل اللي شفته هنا ولا شي، مجرد استقبال بسيط جداً، أحقق لك فيه كل شي اتمنيته في حياتك!"

"يعني هذا كمان مو شكلك؟"

هزت رأسها نفياً وهي تقول:

"كان لازم أظهر لك بشكل تقدر تستوعبه"

"طب لو إنتِ اللي صممت كل شي، من فين طلعت لنا كل هذي المصايب؟ من اللي مصر إنه يقتلني بكل شراسة ويبعدني عنك؟"

"الأستاذ خالد وزوجته، الوحيدين اللي يقدروا يتدخلوا في هذا العالم، كل همهم إنك ترجع لأختك مرام.. وفي الأخير نجحوا.. وفشلت أنا!"

أشعر بروحي تغادرني مع أنفاسي، لن أضيع ما تبقى من لحظات في أسئلتي، سأعرف إجاباتها قريباً على أية حال:

"ملاك.. أحبك!"

انفجرت بالبكاء وهي تحتضن رأسي:

"وأنا يا حسام أموت من غـيرك، أرجوك لا تروح وتسيبني!"

"ملاك، لولا إني شايل هم أمي وأختي ما كان اترددت لحظة إني أبقى هنا معاكِ!"

"يعني خلاص؟"

"باقعد معاكِ لآخر لحظة!"

ارتفع نحيبها وهي تقول..

"إحنا الآن في آخر لحظة يا حسام!"

صعقتني عبارتها، هذه آخر فرصة لي لأعود إلى عالمي، أو أبقى بجوار ملاك للأبد!

"ملاك.. أكيد فيه طريقة نكون مع بعض!"

"حسام، لو ما رجعت الآن ما حتقدر ترجع!"

ملاك التي خاطرت بحياتها أكثر من مرة لإنقاذي، تسلمني الآن
للموت، خاطرت بحياتها من أجل لحظات قليلة تعيشها بقربي!
مددت يدي لا إرادياً وتناولت القلم، القلم الذي بدأت به قصتي..
سأدون به آخر عباراتها، ولكن ليس على الورق، وإنما على قلبي!

أحاطت ملاك يدي بيديها وهي تمسك القلم، غرسته بين أضلاع
صدري المحطمة حتى شعرت بطرفه المدبب على جدار قلبي
وهتفت:

"حسام.. أحبك يا حسام!"

كان رأس القلم قد اختفى داخل قلبي عندما نطقت كلمة "أحبك"
شعرت به ينغرس في أعماقه، يطلب منه التوقف عن الخفقان
هنا، ليعاود الخفقان في عالمي الآخر!

أخذتني ملاك في صدرها، أشعر بدقات قلبها تتسارع مع تباطؤ دقات قلبي، وناحت علي دموعها في صمت وأنا ألفظ نفسي الأخير، رأيت السيد خالد يراقبني من بعيد يمسك بكتفي زوجته المنهارة ويشاركها بكاءها.. دموعهم تترجاني أن أعتني بمرام..

هذه آخرة لحظة قبل أن تفصلني العوالم عن ملاك.. وهذا آخر ما قلته.. وما قالته..

"أحبك يا ملاك..!"

"حاستناك يا حسام.. لا تتأخر علي.. أرجوك!"

إبراهيم عباس

(11)

سأعود إلى هُناك..!

إبراهيم عباس

قلم..

بلاستيكي هذه المرة..

أخذته من مرام عندما زارتني في المستشفى هذا الصباح قبل أن تذهب إلى كليّتها. استغرقتُ أكثر من ساعة وأنا أجاهد لكتابة هذين السطرين. يدي ترتعش، بالكاد تقوى على ضغطه على الورق.. وها أنا أكتب أولى كلماتي:

لقدت عدت..

عدت من هناك!

وتذكرت.. كل شئ!

الآن أستطيع أن أخبركم بقصتي، تذكرتها بتفاصيلها وحذافيرها.

بدأت قصتي في اللحظة التي انتقلت فيها من هنا إلى هُناك. يوم السبت، الأول من شهر نوفمبر عام ألفين وأربعة عشر.

وعدت أمي بأن أوصلها لحفل الزفاف، تأخرت عليها كعادتي، وعاتبتني كعادتها.. انطلقت بها بأقصى سرعة لأكفر عن تأخري، موقف تكرر كثيراً، كل مرة كنت أسابق الزمن، أتجاوز صفوف السيارات من اليمين والشمال، وأطمئن أمي كلما وبختني، فابنها محترف لا يُشق له غبار. وفي إحدى تلك التجاوزات، اعترضت طريقي سيارة عائلية، تمشي في المسار الأيسر بالسرعة القانونية، أو تزيد قليلاً، ولكن السرعة القانونية لا تكفي المحترفين أمثالي! بدأت بإزعاجه بالإضاءة العالية وبالالتصاق بسيارته ليفسح لي.. بلا فائدة، لا يوجد مجال لتجاوزه من الجهة اليسرى بسبب أعمال الحفريات، فكان لا بد من تجاوزه من الجهة اليمنى. انحرفت بدون مقدمات نحو اليمين، لأمرق بسيارتي بين هذا العنيد وصف الشاحنات بالرغم من ضيق المسافة، زدت من سرعتي لأتجاوزه، وانطلقت.. ولكن متهوراً آخر كان قد قرر أن يتجاوز صف الشاحنات من يمينها، فاضطرت الشاحنة التي أمامي أن تنحرف لليسار وتكبح فراملها بكل قوة لتتلافى الاصطدام بذلك الحقير الذي مال على مسارها بعد أن تجاوزها وأجبرها على التوقف.. وأجبرنا نحن على الارتطام!

جميع هذه التفاصيل حدثت في مدة لم تتجاوز عشر ثوان، أتذكر كل جزء من الثانية فيها كمشهد كامل بالحركة البطيئة! تلك المسافة التي بالكاد تكفي لمرور سيارتي كالسهم بين الشاحنة والسيارة العائلية تقلّصت للنصف، وانطلقت كوابح الشاحنة في وجهي وتصاعدت الأدخنة من إطاراتها، صرخت أمي "يالله" ثم التهمتها مؤخرة الشاحنة مع النصف الأيمن من سيارتي.. وجزء من جسدي!

رحمة الله عليكِ يا أمي.. أنا قتلتك! اللعنة على التهور! كل متهور يتباهى بمغامراته التي ينفذ منها بسهولة، لا يعلم أن في انتظاره دائماً مغامرة لن يستطيع أن يتباهى بها أمام أحد. هذه المغامرة بالذات تأتي بلا مقدمات، يحسبها لحظة عابرة، إحدى الرسائل التي يرسلها بعبث من هاتفه وهو يقود السيارة بثلاثة أصابع ونصف عين، وعُشر تركيز، إحدى التجاوزات والمناورات الروتينية بين السيارات، إحدى المرات التي يسابق فيها الجميع ليختصر خمس دقائق في طريقه إلى الاستراحة التي يضيع فيها ساعات عمره. واحدة من تلك المرات قد تكون المغامرة القاضية، قد تكون آخر لحظات التهور.. قد تكون آخر لحظات الحياة!

ومع آخر لحظات حياتي.. بدأت قصتي، هشّم الحادث الجهة اليمنى من جمجمتي، وعدداً من ضلوعي، وكل عظمة في يدي اليمنى.. مزّق الحديد بطني وجزءاً من أمعائي.. لم يتخيل أحد من الذين تجمهروا حولي أن تلك الجثة قد تعود للحياة يوماً. عافر رجال الإسعاف لشق طريقهم عبر حشود المتطفلين الذين انهمكوا في تصوير سيارتي الملتصقة بالشاحنة، وتصوير أشلائي، كادوا أن يغطوني بالجرائد لولا ذلك النبض الضئيل الذي فضحني. ولكنه توقف وأنا في الإسعاف، توقفت دقات قلبي، وتوقف تدفق الدماء في عروقي، وبدأ دماغي في العد التنازلي عندما انقطع عنه الأكسجين.

سبع دقائق هي المدة التي تستطيع أن تحتملها خلايا الدماغ بدون أكسجين قبل أن تتلف وتتليّف. سبع دقائق من المحاولات اليائسة لإنعاش قلبي، انتهت بالصعقات الكهربائية، وقد حكيت لكم كل ما حصل لي خلال هذه الدقائق، من اللحظة التي تراخى ارتباط روحي بهذا الجسد، وانتقلت إلى عالمٍ آخر.. هُناك.. حتى اللحظة الأخيرة الذي تلقى قلبي فيها الصعقة الكهربائية وعاد للخفقان لينتزعني من هُناك، من بين أحضان ملاك، ويلقي بي إلى هنا مرة أخرى.

من تكون ملاك؟ أهي حوريتي؟ أم مجرد سراب أوهمني به عقلي الباطن؟ هل علمَت أنني ألفظ أنفاسي في الحادث، فجهزت لي ذلك العالم؟ هل صممته وجهزته فقط لا ستقبالي وإعدادي نفسياً لتقبل حقيقة الموت؟ فعلاً لقد كان عالماً بين الحياة والموت يحقق كل أمنية تمنيتها في حياتي يجعلني أعيشها بأدق تفاصيلها. لم تستطع ملاك أن تخبرني بالحقيقة لتجنبني الصدمة التي قد تقطع آخر أمل لعودتي إلى حياتي، فالروح لا تعاود الجسد بعد انقطاع الرجاء. كانت تتمنى في نفس الوقت أن أبقى بجوارها للأبد. لم تكن روحي ستتردد لحظة واحدة في البقاء هناك لولا قلقي على أهلي، على أختي، وأمي التي لم أكن أعلم أنها سبقتني إلى هُناك والتقت بأبي.. السيد خالد!

خالد مدني!

أقسم أنني شعرت أنه هو! وأن السيدة التي معه هي أمي، ذلك الحنان لا يتغير مهما تغيرت الأجساد التي تغلفه! استماتت ملاك لتبقيني بجوارها بعد أن انتظرتني طوال هذه السنين، ولكن أبي وأمي كانا يتمزقان حزناً وقلقاً على مرام.

كان الجميع يعلمون أن فرصتي في النجاة من ذلك الحادث لا تكاد تُذكر، وأنني حتى وإن نجوت فسأعيش بعدد من الإعاقات تجعلني عالة على أختي بدلاً من أن أكون عائلاً لها. ولكن أبي تمسّك بذلك الأمل المستحيل، بالذات بعد أن لحقت به أمي.

لم أستقبل خبر وفاة أمي بالحزن الذي يليق بهكذا مصيبة، فلقد كنت معها منذ قليل! تجربتي أزالت الحواجز بين الحياة والموت، نحن نخشى الموت لأننا لم نعشه بعد، نخشاه كما نخشى كل مجهول. نحزن لفراق الأموات، ولكنني كنت بصحبتهم، رأيتهم في نعيم يجعلني أفرح لهم، وأحزن على من لم يلحق بهم، إذا كان الحزن على وفاتهم، فحياتنا هي الموت بالنسبة لحياتهم، وإذا كان الحزن لفراقهم، فهناك من لا نكاد نراهم وهم لا يزالون بيننا! يغادرون حياتنا دون أن يفقدوا حياتهم! الموت ليس فراقاً.. ولكن الفراق هو الموت!

استعدتُ سيطرتي على أناملي، وعلى ذهني بالتدريج، استغرقت ساعات لكتابة السطور الأولى ثم استرسلت، لم أتوقف حتى كتبت كل شئ حصل لي هُناك بكل التفاصيل.

شعرت بطاقة عجيبة تدبّ في أوصالي، رقدت على هذا السرير ثلاثة أشهر، قضيت نصفها فيما يسمى ڤيجيتاتيف ستيت، حالة من فقدان الوعي السباتي لا يتجاوز الأمل في شفائها الإيمان بقدرات الله سبحانة ومعجزاته. لم يصدق الأطباء الذين رأوا الأشعة المقطعية لدماغي اليوم أنه هذا الدماغ هو نفس الدماغ الذي تجاوزت فيه نسبة التلف خمسة وعشرون في المائة قبل بضعة أشهر. معجزة حقيقية، فخلايا الدماغ التالفة لا تتجدد، ولكن دماغي الآن يعمل، وبكفاءة عالية وتحسن مضطرد!

قبل ثلاثة أيام فتحت عيني ورأيت ما حولي لأول مرة، وبالأمس استطعت أن أتناول أول وجبة بعد أن كان الجولوكوز غذائي الحصري. واليوم نطقت أولى كلماتي، وها أنا الآن أحاول النهوض وإنعاش عضلاتي الضامرة، سحبت ساقي التي نست المشي، ألقيتها على الأرض، واستجمعت رمق كل عضلة في جسمي لأنهض، ترنحت في خطواتي، نظرت إلى نفسي في مرآة الحمام.. من هذا؟ لا أعرفه؟ لم أخسر وسامتي وعضلاتي المفتولة التي فرحت بها هُناك فحسب، وإنما خسرت معها نصف وزني، وجزءاً من وجهي، لحسن الحظ أني لم أخسر عيني اليمنى.

لقد أجروا عدة عمليات تجميلية.. أو بالأصح ترقيعية لجمجمتي
وجلد وجهي فأصبح أشبه بقناع مسخ. الجلد المرقع البشع كان
يغطي جبهتي ورأسي من الجهة اليمنى، تلاشى حاجبي وجزء من
شعري، ليس فقط رأسي، فصدري وبطني وأجزاء من يدي
تغطت برقع الجلد المكرمش اللامع الذي خلفته ندبات الحادث
وآثار العمليات.. دخلت الممرضة وصُعقت عندما رأتني واقفاً:

"Mr. Hosam! What are you doing? You are
not supposed to leave your bed!!"

لم أهتم وقتها سوى بمغادرة المستشفى..

"I am feeling much better, I think I am ready
to leave the hospital!"

تناولتني من ذراعي لتساعدني على العودة إلى السرير وهي
تقول:

"You can't leave Mr. Hosam, your health
conditions aren't stable yet, the consultants
still need to analyze your situation"

"Well, I've just survived a fatal accident,

going home wont kill me for sure"

انتبهت للتو أني كنت أتحدث معها بلهجة أمريكية سلسة، لا تمت بصلة للإنجليزية المسعودة التي كنت أتأتئها قبل الحادث، هذه هي اللهجة التي كنت أتحدث بها.. هُناك!

قاست الممرضة درجة حرارتي وضغط دمي بتلقائية، وناولتني الأدوية التي تزيد من سيولة الدم ودواء لتسكين درجة الحرارة ودواء لتخفيض ضغط الدم، لقد كانت حرارتي ٣٩ درجة، وضغطي يتجاوز ١٠٠/١٥٠ ودقات قلبي تتجاوز ٩٠ دقة في الدقيقة، كلها معدلات مرتفعة.

وصلَت وقتها مرام ورأتني جالساً على السرير فألقت بالأكياس من يدها وانطلقت نحوي لتضمني:

"حساااام!! يالله ماني مصدقة عيني!! الدكاترة قالوا إنك مستحيل تقوم من السرير إلا بمعجزة.. الحمدلله!! الحمدلله!!"

تأملتها، هذه الطفلة التي تركتُ كل النعيم وعدت لأنقذها من الدنيا ووحوشها..

"حسام.. شوف إش جبت لك، دجاج البيك حراق اللي تموت فيه! وكمان جبت لك شوية ملابس بدل روب المستشفى أبو أزهار دا!! تعال ألبسّك حاجة عِدلة! بس أول غمّض عينك، عندي لك مفاجأة!"

أغمضت عيني نزولاً عند أوامرها، أحسست بأناملها تعدل هندام شعري من الجهة اليسرى، أظنها تحاول إخفاء إصابتي وحاجبي المشوّه، ثم وضعت قبعة على رأسي:

"هاه إش رأيك؟ تراه كاب أصلي جبته من ستور الإتحاد مو من سوق الشاطئ!"

لم أستطع مقاومة دموعي وأنا أراقبها تخرج باقي الملابس من الكيس، تمزق قلبي وأنا أنظر لعينيها وأقول:

"مرام... بابا وماما يسلّموا عليكِ"

انشلت حركتها ورفعت وجهها المصعوق نحوي ونزفت دموعها ببطء وهي تقول:

"حسام!! لا تقول كذا!! ما فيك إلا العافية إن شاء الله! إنت مريت بظروف صعبة ودماغك تأثر من الحادث، لكن أهه الحمدلله صحتك بتتحسن بشكل أدهش كل الدكاترة"

"مرام.. أنا باتكلم من جد! أنا شفت بابا وماما، وجلست معاهم وكلمتهم.. زي ما أنا جالس معاكِ وبأكلمك دحين!.. بابا بيقول إنك مرة وحشتيه، وإنك أكيد كبرتِ وصرتِ عروسة!"

انهارت أمامي، بالكاد ميزت كلماتها من شهقاتها:

"حسام.. أنا نجوت من الموت بأعجوبة زيك بالضبط، يوم الحادث اتجننت وأنا أدق عليك وما ترد، بعدين رد علي واحد يقول لي بلّغوا أهل صاحب الجوال إنه صار عليه حادث في الخط السريع، خرجت زي المجنونة حافية أدور على تاكسي في نص الليل، رحت مكان الحادث ما لقيت غير السيارة والدم والناس تقول الله يرحمهم الله يرحمهم!"

صمتت قليلاً.. سمحت لي بمشاركتها البكاء وواصلت:

"ما أعرف كيف وصلت مستشفى الملك فهد لما قالوا لي إنكم هناك.. قعدت أجري وأناديكم في الطوارئ.. شفتها يا حسام، مغطاية على النقّالة، عبايتها باينة من تحت الغطا والدم يقطر تحتها.. وشفتك وهم يجروا بيك من غرفة لغرفة، محد راضي يطمني، ثلاثة شهور يا حسام وأنا مالي أمل غير الله، ما في دكتور طمّني، أول كانوا يقولوا إنه إحتمال إنك تعيش ضئيل جداً، بعدين صاروا يقولوا إنه مخك تالف وحتظل في الغيبوبة بقية عمرك، وبعدين صاروا يقولوا إنك حتى لو صحيت رح تعيش مشلول.. وأهه.. إنت جالس قدامي ما فيك غير العافيه، وكمان بتتقل لي سلام بابا وماما، مهما شكرت ربنا ما رح يكفي يا حسام"

أخذت رأسها في حضني لتفرغ باقي دموعها، صغيرتي المسكينة تعذبت أكثر مني، ألم الجسد أهون من ألم القلب بكثير! مسحت باقي دموعها، سأنسيها كل ما عانته، هذا السبب الذي أعادني لعالمي، هذا ما أعيش لأجله الآن:

"مرام، بـابا ومـاما وصّوني علـيكِ، من الآن وصاعداً البكاء ممنوع مفهوم؟ على فكرة أنا ما كنت في غيبوبة أبداً، كنت عايش في عالم ثاني، بس هذي يبغالها جلسة مطولة جداً، المهم دحين خليني أغير الروب العبيط دا وأهجم على الحر ااق قبل لا يبرد!"

اندهشت مرام عندما رأتني أقفز برشاقة وأتناول الملابس وأتجه للحـمام، فعلاً لـقد استعدت معـظم لـياقتي، شئ غـريب آخر حـصل.. ملابـسي لم تـكن مقـاسي! أذكر هذا الجيـنز وهذا القميص جيداً، أستطيع أن أتفهم أنها اتسعت علي بسبب الوزن الذي خسرته أثناء الغيبـوبة، ولـكن الجيـنز كان قـصيراً بـعض الـشئ.. أو بالأ صح أنا أصبحت أطول! عـظامي تـمو بـشكل مظطرد مخالفة قوانين البلوغ! عدت لـمرام، تناولت معها وجبة البيك، أعترف أنني نسفتها لوحدي، فهي لم تضع في فمها سوى حبات من البطاطا، واسترسلت في سرد قصة حياتها في الثلاثة أشهر التي غبت فيها عن الوعي.

طُرق الباب واستأذن شاب يرتدي زي الممرضين الأزرق وبادرني بالتحية عندما دعوته للدخول وكأنه يعرفني منذ زمن:

"حسام! كيف حالك يا وحش؟!"

"أهلا وسهلا يا دكتور اتفضل!"

"بالعافية، هاه طمني كيفك اليوم؟"

نهضت مرام وودعتني لتلحق بمذاكرتها، وتركتني مع الدكتور الذي بادرني:

"طبعاً أنا أعرفك وإنت ما تعرفني.. أنا يا سيدي إياد الزايدي متخرج من سنتين وطلبت ينقلوني لمستشفى الملك فهد بس عشانك!"

"تشرفنا يا دكتور إياد.."

"إياد حاف لو سمحت.. اعتبرني صاحبك يا سيدي"

"طيب يا إياد حاف، ما قلت لي ليش طلبت نقل لهنا عشاني؟"

"أسمع يا حسام، إنت حالتك ما تكررت في تاريخ الطب، بعد الحادث بشهر تقريباً انتشرت قصتك بين الدكاترة، وأنا دبرت ستين واسطة بس عشان أقدر أتابع حالتك"

"إش الشي العجيب في حالتي؟"

"حسام، إنت نفذت من الموت بأعجوبة، دماغك كان تالف، وكل الدكاترة توقعوا إنك تموت في خلال أيام، أو في أحسن الأحوال إنك تدخل في غيبوبة دائمة"

ألقى نظرة سريعة على معدلاتي الحيوية وواصل:

"فيه شي في دماغك اتغير بعد الحادث! الخلايا التالفة في الدماغ اتجددت، وهذي عمرها ما حصلت في التاريخ! مو بس دماغك، كل جسمك! عظامك التأمت بسرعة خرافية، جروحك اتعافت، الأسبوع الماضي لما سوينا كشف نظر.. كان نظرك ستة على ستة، مع إنه نظرك المفروض ناقص ثلاث درجات!"

استوعبت للتو أنني أرى كل شئ بوضوح وبدون نظارتي السميكة! واصل الدكتور إياد الزايدي شرحه بحماس:

"خلا ياك في نشاط وتجدد دائم، حرارتك وضغطك مرتفعين طول الوقت ومع ذلك جسمك مو متأثر! تحليلي الشخصي إنه حصلت لك ثورة جذعية.. يعني خلا يا جسمك صارت كلها جذعية! تتجدد بشكل مستمر.. إنت يا حسام تحولت إلى بطل خارق، حتى الدكاترة أطلقوا عليك لقب السلمندر البشري!"

"تحليلك منطقي جداً يا إياد.. لكنه مـو صحيح.. الموضوع ماله أي علاقة بالخلايا الجذعية!"

"كيف عـرفت؟ إنت دوبك صحيت من غيبوبة ثلاثة شهور"

"التغيير اللي حصل كله في داخل روحي.. أقصد عقلي الباطن، العقل الباطن قدراته مالها حدود، يتحكم في كل شي فينا، في داخل كل واحد فينا بطل خارق ما يقدر يتحرر وينطلق إلا لو تخلصنا من المسلمات والحدود اللي نوهم نفسنا بيها!"

"شكلك متأثر بكتب الطاقة الروحية والكونية وقانون الجذب.. هذي الأشياء كلها افتراضية مالها أي أساس علمي!"

"صدقني مالها أي علاقة بكل هذي الأشياء.. إياد أنا قلبي توقف لمدة سبع دقايق.. وانتقل وجداني وإدراكي لعالم ثاني عشت فيه أسبوع كامل قبل لا أرجع!"

"سمعت عن الأحلام والإيحاءات أثناء الغيبوبة و.."

"مو أحلام ولا إيحاءات.. أنا كنت عايش بشحمي ولحمي في عالم ثاني! عالم واقعي أكثر من عالمنا هذا! ملموس وواضح لدرجة إني حاسس إنه حياتي الحقيقية بالنسبة له مجرد حلم؛ أنا في هذي اللحظة وأنا شايفك قدامي ماني حاسس بالواقعية بالشكل اللي كنت حاسه وأنا هناك!"

"كنت حاقول إنك اتجننت بعد إصابة دماغك في الحادث لولا إننا مرينا بتجربة عجيبة أنا وزوجتي تخليني أصدق أي شي، رح أحاول أصدقك، عشان إنت كمان تقدر تصدقني لما أحكي لك حكايتي!"

"طيب.. باختصار أنا في خلال الأسبوع اللي عشته هناك قابلت أجمل مخلوقة، كأنها حورية من الجنة، عرفتني على ليوناردو دافينشي وبيتهوفن وبروس لي واتقمصت شخصية بطل خارق وحطمت وحوش الفضاء!.. كله حقيقة مو أحلام!"

تنح إياد لفترة.. لم يغلق فمه حتى قلت له:

"يمكن بعتبر كل هذي تهيؤات، لكن كيف تفسر إني تعلمت أكثر من لغة في أثناء غيبوبتي؟! Ho imparato a parlare Italiano fluentemente, als auch die Deutsche Sprache!"

كما توقعت.. فبالإضافة إلى قدرة روحي، أو عقلي الباطن في التحكم التام بجسمي واكتسابه للياقة عالية تجعل كل خلية داخلي تعمل بكفاءة خارقة، استعدت أيضاً جميع الخبرات التي اكتسبتها أثناء وجودي هُناك! أعلم أن إياد لن يفهم عبارتي الإيطالية والألمانية، فقط أردت أن أثبت له وجهة نظري، ولكنه حاول أن يجاريني وهو يقول بلهجة فرنسية ركيكة ويجلس أمامي بذهول:

"impossible! J'ai passé toute ma vie juste pour apprendre un peu de Français!"

ابتسمت له وأنا أقول:

"لو المسألة طبية بحتة كيف تقدر تفسر إنه شخص في غيبوبة يتعلم فنون جديدة؟ أنا اتعلمت أشياء أثناء غيبوبتي أكثر من كل شي تعلمته في حياتي"

ناولته الدفتر الذي دونت عليه كل ما تذكرته في الأيام التي عشتها هُناك مع الرسوم التوضيحية المتقنة، قفزت عينا الدركتور إياد وهو يتنقل عبر الصفحات ويقرأ بعض العبارات ويتأمل بعض الرسومات:

"أنا سمعت عن حالات اكتسبت مهارات هائلة بعد تعرضها لصعقات كهربائية وحوادث مفاجئة، لكن عمري ما اتخيلت إنه ممكن توصل لهذي الدرجة!"

وقفت أمامه وأشرت إلى بنطالي القصير:

"وفوق كل المهارات، ما أعتقد الدكاترة لاحظوا هذا"

"إش هذا؟"

"هذا البنطلون كان على مقاسي قبل الحادث"

"لا لا لا.. مستحيل! أنا ما حاخرج من هنا إلا بعد ما أعرف كل شي.. وبالتفصيل!"

شئ ما جعلني أودع كامل ثقتي في الدكتور إياد، قررت أن لا أطلع أحد على تفاصيل تجربتي سوى مرام وإياد الذي أصبح أعز أصدقائي؛ لقد ساعدني على التخلص من ضغوط المستشفى وفريق الاستشاريين الذين كانوا ينوون مصادرة حريتي وتحويلي إلى فأر لتجاربهم بسبب حالتي التي عجزوا عن فهمها واستيعابها، بُترت أطماعهم في استخلاص دواء الشباب المتجدد من دمي بعد أن استعان إياد بفريق من المحامين القانونيين ليمنعوا أي جهة من إجراء أي فحوصات على دمي. فعاد الفريق الطبي الذي أحضره الجشع من مختلف الدول بخفي حنين. التأمت جميع جراحي وعظامي، لم يبق من الحادث سوى الندبة التي التهمت حاجبي وبضعة أسياخ حديدية في ذراعي..

كان جسمي يتدفق بطاقة عجيبة، أحكمت سيطرتي على عقلي الباطن، انهارت الحواجز بيني وبين أحلامي. أصبحت بنيتي رياضية لا تشوبها أي شحوم، بالرغم من أن شهيتي للأ كل ازدادت وأصبحت أتناول أضعاف كميات الأكل التي كنت أتناولها أيام سمنتي. ازداد طولي ثماني سنتيمترات خلال أشهر ولا يزال في ازدياد .

احترفت فنون الدفاع عن النفس، الجيت كوندو بالذات، تركت وظيفتي وشاركت إياد في افتتاح معهد للتدريب على جميع الفنون الإبداعية والتشكيلية والموسيقية والقتالية.. كانت أكاديمية لإعداد الأبطال الخارقين! في الماضي كنت أضيع حياتي في التمني، كان سقف آمالي أن أنقص بضع كيلوات من وزني، أو أزيد بضع ريالات إلى دخلي، ولكن بدون مجهود، كنت في أحسن أحوالي أطالع بعض الكتب المحفّزة وأتحمس معها قليلاً قبل أن أعود إلى كنبتي العزيزة وطنجرة الناتشوز بالصلصة. كان تدبير المال والمصاريف هو أكبر همومنا، ولكنني اقتنعت الآن أن صناعة الثروة هي أسهل خطوة. في الماضي كنا نلعن الفقر دون أن نشمر ونتحرك؛ لو سعى أي فقير بجد، فسيسعى إليه الرزق سعيا! فرص المحتاج المجتهد في تحقيق النجاح أعلى من فرص الذي التهى بملعقة الذهب في فمه، واسألوا العظماء. الحاجة أم الاختراع وأم الإبداع، وأم الإنجاز والنجاح والثراء... ولكن بشرط: أن تتحرر من شلل التخاذل والكسل والخوف والتردد، أصبحت لا أبالي سوى بسلامة مرام ومستقبلها، أما أنا فحتى الموت لم أعد أخشاه، بل بالعكس! أصبح الموت صديقي، يألفني وآلفه، أتوق إليه ليعيدني إلى هُناك!

بنيت ثروتي المتواضعة، وبنيت بها بيتنا أنا ومرام في أبحر شمال مدينة جدة؛ باختصار حققت جميع أحلامي التي كنت أحلم بها قبل أن أذهب إلى هُناك.. أما الآن فلم يعد لي سوى حلم واحد، أن أعود إليها.. نظرت إلى السماء، أشعر بها تنظر إلي وتنتظرني.. ابتسمت لها وأنا أقول..

يوماً ما سأعود إلى هُناك..

يوماً ما سأعود إليك يا ملاك!

– النهاية –

هُناك

أعترف أنني مهووس جداً بالتفاصيل والتصاميم؛ هَوَسٌ أسميه مجازاً "شغف" لإضفاء بعض الرونق، لكنه في الحقيقة هوس وجنون متحدرٌ متدحرجٌ نحو.. لا أعلم نحو ماذا بالضبط، لو كنت أعلم لما توصلت إلى القناعة التامة بأنه جنون محض، الشئ الوحيد الذي أعلمه جيداً هو أنه شديد العدوى! وأنه قد استشرى بسرعة بين أفراد أسرتي الإبداعية الذين اقتحموا أحلامي وساعدوني في انتزاعها وإلقائها في أحضان الكلمات وبين الصفحات وعلى الشاشات! أنا وحوجن وسوسن وإياد وجمارى وبنيامين وإليانا وكل من ظهر في أعمالنا وكل من استمتع بها.. نحن مدينون جداً لرونالدو ماكاباقال أستاذي وقدوتي في الفنون، ولابنه كريس رون العبقري الذي جسد جميع التصاميم التي ترونها أمامكم، وللعم محمد الجمال، الخطاط الذي يحترف مغازلة الحروف والرقص بين تشاكيلها، ولأخي علي نعيم مجنون المونتاج الذي سقط من هوليوود سهواً. نحن جميعاً مهووسون بإسعادكم، وما ترونه هنا ليس إلا عينّة مقتضبة من كواليس جنوننا!

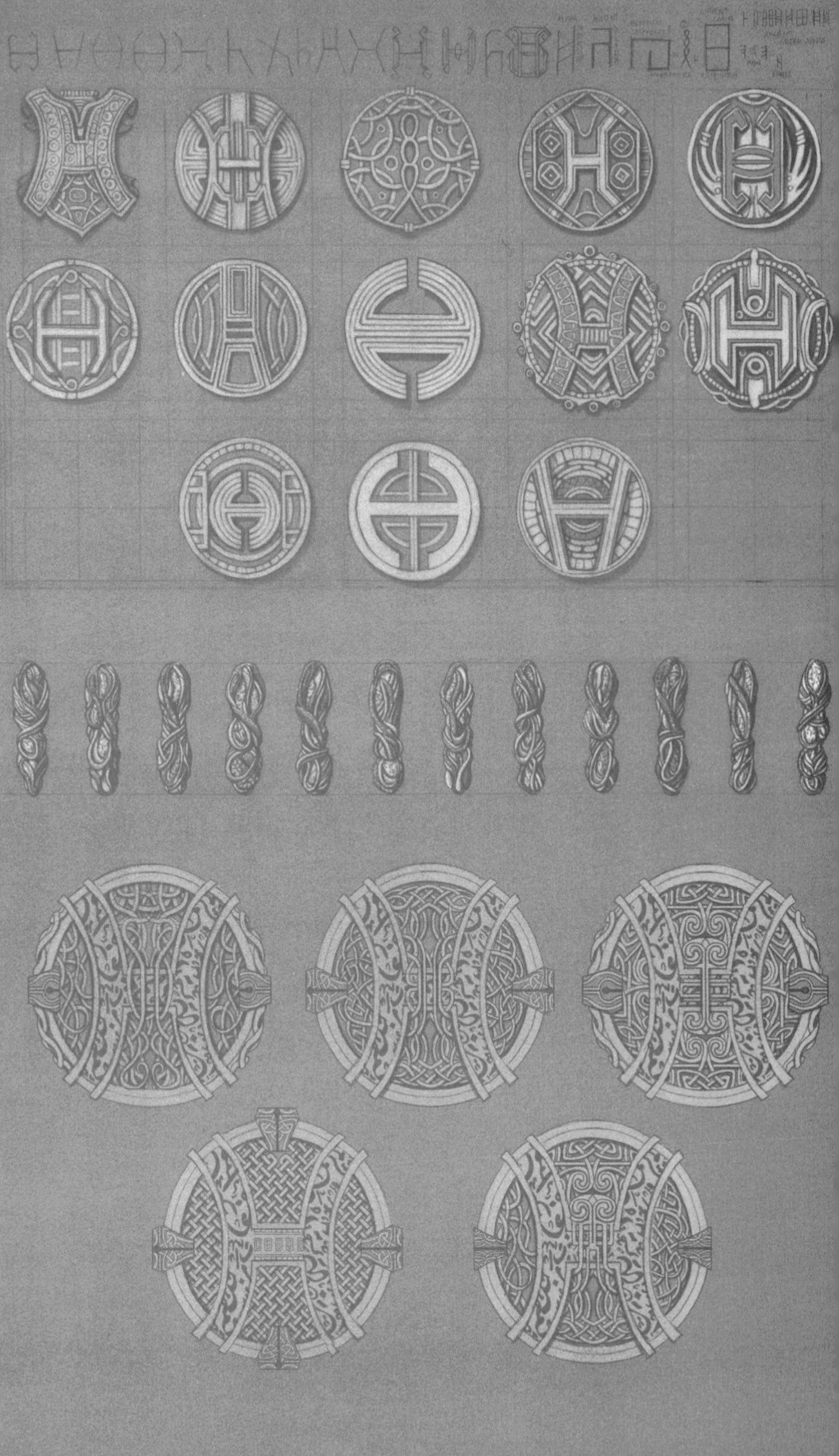

GRAPHIC PEN CONCEPT : SET #1
CALLIGRAPHIC PEN CONCEPT : SET #2

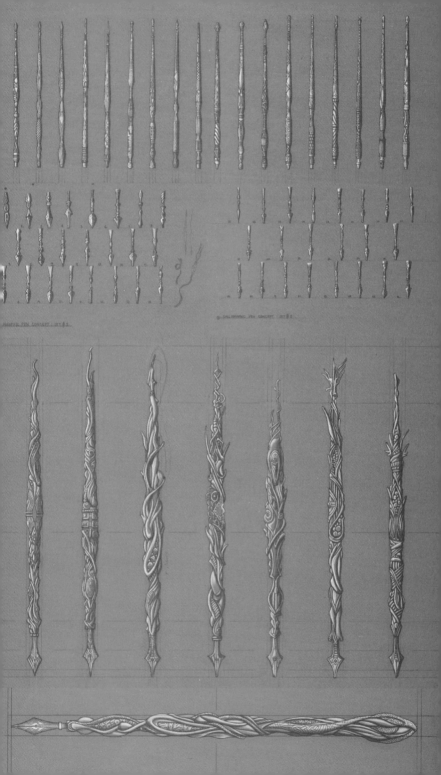

FINAL PEN.OBJ *
File Edit Create Select Tools Mesh Snap Animate Simulate Render Sculpt Character Plugins Script Window Help
View Cameras Display Options Filter Panel
Perspective
0 5 10 15 20 25 30 35 40 45 50 55 60 65 70 75 80 85 90
0 F
90 F
Create Edit Function Texture
X
Y
Z
H
P
B
Apply
MAXON
CINEMA 4D

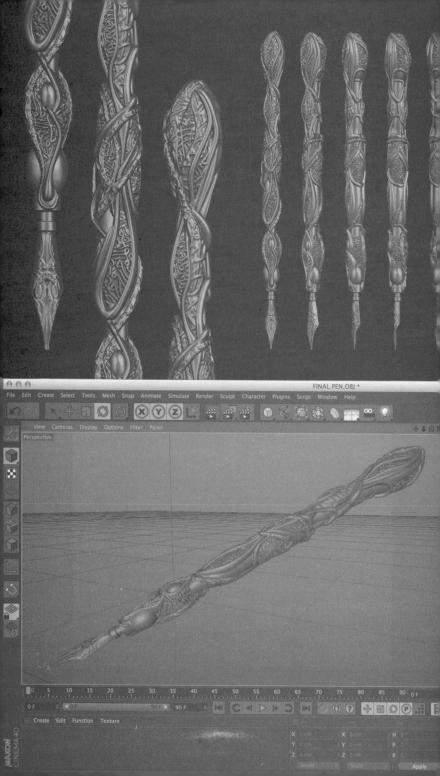

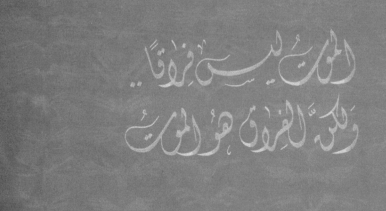

الموتُ ليسَ فراقاً
ولكنَّ الفراقَ هو الموتُ

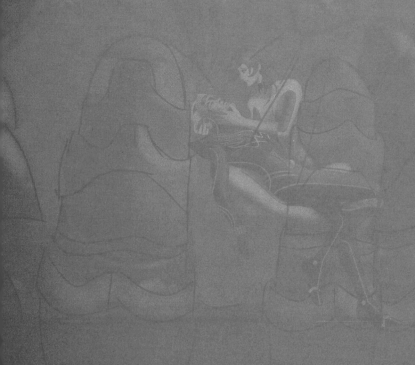

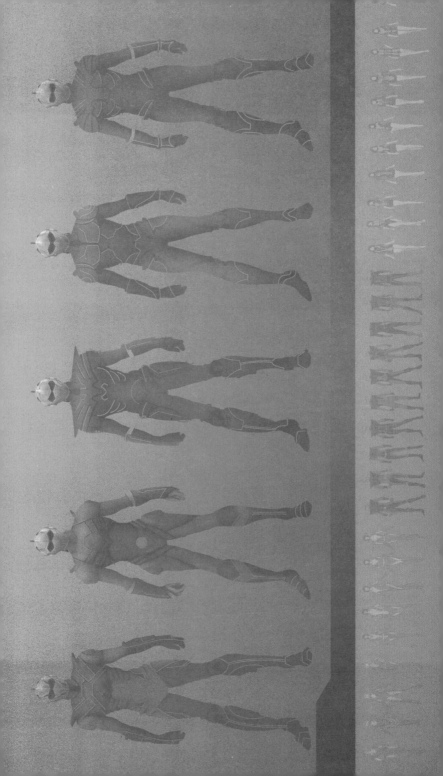

من الجزء الثالث في سلسلة حوجن وهُناك، رواية:

בנימין

بنيامين

انطلقت طائرة Stealth Bomber فوق مياه البحر الأحمر تزفها طائرتا F-35 Lightning التي لم تمتلكها سوى دويلة واحدة في الشرق الأوسط عبر صفقة حصرية تمّت مع الولايات المتحدة الأمريكية قبل عامين، في نهايات ٢٠١٦م بالتحديد، التزمت فيه أمريكا بعدم بيع تلك الطائرة لأي دولة شرق أوسطية أخرى لمدة عشر سنوات، ولم تلتزم تلك الدويلة بشرط الصفقة الأهم في عدم إجراء أي تعديلات على الطائرة. انطلق الأسطول الصغير، لم تقتصر قيمته على سعر الطائرات الذي يتجاوز ثلاثة مليارات دولار، فقد كان يحمل ما هو أهم وأثمن بكثير، كان يحمل شخصين.. حسام، وإياد! طائرة الـ Stealth Bomber التي تحمل في العادة أطنان المتفجرات والرؤوس النووية اكتفت هذه المرة بكبسولتين معدنيتين مزودتين بمحركات نفاثة محدودة من الأسفل، ومن الأعلى بقبة زجاجية، اكتظت بالأجهزة والمجسات التي اتصلت بجسدي حسام وإياد، كان الاثنان في حالة يرثى لها، وأعني الرثاء هنا حرفياً، فحسام كان غارقاً في دمائه، يلتقط أنفاسه بصعوبة وحِرص خوفاً من نفاد الأكسجين والاختناق في تلك الكبسولة الضيقة. أما إياد فقد كان غائباً عن وعيه، وقد حمل جسده كماً لا بأس به من الكسور والحروق.. كان باختصار في حالة نزاع!

311

"صباح الخير سيد حسام وسيد إياد"

انطلقت تلك العبارات في السماعات المثبتة في الكبسولتين بلغة عربية متأثرة بلكنة لغة شرق أوسطية أخرى، فانتفض جسد حسام وهو يصغي باهتمام حيث واصل صاحب الصوت بهدوء مستفز:

"هذه هي المرحلة الأخيرة من تجاربنا، ستنطلق الكبسولات بعد ثلاثين ثانية نحو أعماق البحر، كمية الأكسجين تكفي لمدة ١٢٠ ثانية، فرصة بقاء حسام على قيد الحياة ٣٢،٤٪ وفرصة بقاء إياد على قيد الحياة ٧،٣٪ فرصة نجاتكما معاً ٢،٤٪"

في هذه اللحظة لم يأبه حسام بالأكسجين الشحيح في الكبسولة التي سجنوه فيها وصرخ بلغة ذلك الشخص:

"بنيامين!! توقف!!"

واصل بنيامين بنفس الهدوء والنبرة الآلية.. وبلغته هذه المرة:

"كنت أتمنى فعلاً أن نجد الكتاب سوية، تشرفت بالعمل معكما، تأكدا أن حياتكما لم تذهب عبثاً.. وداعاً"

صرخ حسام صرخة أخيرة يائسة:

"بنياميييييين!!"

لم تهتز خلية في كيانه وهو يجلس بجسده النحيل بجوار قائد الـ
Stealth Bomber يراقب الشاشات الملتفة حوله دون أن يأبه
بتثبيت أحزمة الأمان ولا الخوذة الواقية ولا قناع الأوكسجين،
فقط اكتفى بالسماعة المثبتة على إحدى أذنيه والتي تنتهي
بمايكروفون دقيق، بالإضافة إلى نظارته الداكنة التي لا يكاد
ينزعها عن وجهه والتي تصدر صوت أزيز خافت كلما حرّك
رأسه، وقميصه الأسود الذي شمّر أكمامه بإهمال. كانت
الشاشات تنقل تفاصيل المؤشرات الحيوية لحسام وإياد،
بالإضافة إلى ما تصوره الكاميرات عالية الدقة المثبتة داخل
وخارج كبسولتيهما. وعلى إحدى تلك الشاشات ظهرت فتاة
عشيرينية ملامحها تنم على أن حامضها النووي في صراع ما
بين الجينات القوقازية والإفريقية، بشرتها تمردت على سمرتها،
فلم تحتفظ إلا بالقليل منها، شتفاها مكتنزتان، عيناها واسعتان
بنفس لون شعرها الكستنائي الثائر، ترتدي زياً عسكرياً متكاملاً
لا يتناسب أبداً مع أنوثتها ولا مع سنّها؛ وعلى عكس بنيامين
كانت إليانا في قمة التوتر وهي تقول:

313

"في انتظار أوامرك سيد بنيامين.."

"المهمة انتهت.. سنطلق الكبسولات!"

تحجرت دموعها.. كأنها تستجدي بنيامين لكي يغير قراره؛ ولكن بنيامين حسم كل شئ وهو يقول بلهجة آمرة أكثر صرامة:

"أطلقيها الآن!"

"حالاً.. سيد بنيامين"

التفتت إليانا نحو لوحة التحكم المركزية، وأصدرت أمر الإطلاق عن بعد فانفتحت البوابة الخلفية للطائرة، وتوهجت المحركات المثبتة في الكبسولات قليلاً قبل أن تنطلق مندفعة نحو أعماق البحر الأحمر في خليج العقبة بالتحديد، حاملة معها حسام وإياد. في هذه اللحظة فقط أزاح بنيامين وجهه عن الشاشات، ورفع نظارته الداكنة ليمسح دمعة وحيدة قبل أن تفر من عينه، لم يكن يتخيل أن هناك من يستطيع التدخل لإنقاذهما، ليس من عالمنا على الأقل.